ハヤカワ・ミステリ文庫

〈HM㊽-2〉

悪童たち

〔下〕

紫金陳（しきんちん／ズージンチェン）

稲村文吾訳

早川書房

8693

坏小孩
by
紫金陈 (ZI JIN CHEN)

Translated by
Bungo Inamura
First published 2021 in Japan by
HAYAKAWA PUBLISHING, INC.
This book is published in Japan by
arrangement with
SHANGHAI INSIGHT MEDIA CO., LTD.
through BARDON-CHINESE MEDIA AGENCY

目次

悪童たち
〔下〕

登場人物

朱朝陽（ジュー・チャオヤン）…………中学二年生
丁浩（ディン・ハオ）［耗子（〝ネズミ〟）］
　……………………………………………朱朝陽の友人
夏月普（シャー・ユエプー）［普普］……丁浩の友人
周春紅（ジョウ・チュンホン）…………朱朝陽の母親
朱永平（ジュー・ヨンピン）……………朱朝陽の父親
朱晶晶（ジュー・ジンジン）……………朱永平の娘。朱朝陽の異母妹
王瑶（ワン・ヤオ）………………………朱永平の現在の妻
葉馳敏（イエ・チーミン）………………朱朝陽の同級生

張東昇（ジャン・ドンション）…………殺人犯
徐静（シュー・ジン）……………………張東昇の妻

厳良（イエン・リアン）…………………浙江大学数学科教授。元捜査官
葉軍（イエ・ジュン）……………………派出所刑事中隊隊長

第十三章　偵察

45

電話を切った厳良(イエンリアン)は、椅子に座ったまま呆然としていた。

徐静(シュージン)が死んだ？

つい先ほど親戚からかかってきた電話で、一昨日の朝、徐静(シュージン)が車を運転中に突然死して、危うくもっとひどい交通事故を招くところだったと聞かされた。張東昇(ジャンドンション)は教育支援のボランティアに行っていたが、報せを受けてその晩に寧(ニン)市に戻ってきたという。交通警察が事故報告書を、病院が死亡証明書を出して、その次の日、つまり昨日に、張東昇(ジャンドンション)は徐静(シュージン)の死体を火葬したらしい。

このあたりのならわしではふつう、遺体を七日は安置して、初七日が過ぎてから火葬して墓に入れることになっている。

先日、徐静の両親が死んだときは状況が特殊で、遺体がひどいありさまだったから、すぐに火葬することになった。だが今回、どうして徐静は死んだ翌日に火葬になったのだろう？

厳良の目がわずかに細められる。かつての徐静の言葉が頭によみがえっていた。ある日徐静が事故で死んだら、きっと張東昇の仕業だと。

張東昇――ほんとうに張東昇が殺したのか？

両手の指を組む。内心ではさまざまな感情が交錯していた。椅子に座ったまま三十分が過ぎ、厳良は目をもみ、立ちあがって、部屋を出ていき、車に乗りこんだ。

葉軍は書類を読みこんでいたとき、戸口に足音を聞きつけた。「やあ、葉刑事」

葉軍の視線は、四十過ぎの銀縁眼鏡をかけた男の顔から数秒間動かず、けげんそうだったのがしだいに感激の表情に変わった。「厳先生！　どうしたんです、いったいどういう風の吹きまわしですか」

厳良は軽く笑みを浮かべた。「この地区に用事があってね、住所録を見かえしてみたらきみの名前があった。もしかしたら出世してべつの場所に異動したかもしれないと思っていたが、いまもここに残っていたとはね」

葉軍は声を上げて笑った。「先生の授業を受けてから、一度も出世なんかしてませんよ。はっは、おれは生まれも育ちもこの地元の人間でね、ほかの場所じゃやりにくくて、じいさんになるまでここで働ければ満足なんです、ほら座ってください。そういえばなんの用でいらしたんです、寧市で学会でもあったんですか？」

「実はね」厳良は咳ばらいをする。葉軍を教えていた時期というのは、省の公安庁からの依頼で、前線で働く刑事たち相手に犯罪論理学の授業もしていたときで、長い期間ではなかったが、葉軍は個人的にいろいろな質問をしてきたこともあって二人は知らない間柄ではなかった。だからあれこれの前置きも省き、直接切り出した。「正直に話そう、ここには人死にの件で来たんだ」

「事件ですか？」

「そうも言いきれない。いまはまだ事件だと結論できないんだ」

「ああ……それは……でも、先生はいまは……」厳良の意図をおぼろげに理解して、葉軍の顔に逡巡が浮かぶ。厳良が数年前に警察の職を辞して、大学に移って教えていることは知っていた。警察を辞めた人間による事件捜査は当然ながら認められず、警察組織内には秘密保持規定があって、刑事事件に関しては、司法の決定を受けていない事件の情報について外部に漏らすことは一律に禁止されている。

　厳良(イエンリアン)は微笑んだ。「ここに来るまえに、省の公安庁の高棟(ガオドン)に電話をしてきたんだ。あとで書類をファックスさせると言っていたから、もうすぐ送られてくるだろうね」

　葉軍(イエジュン)は驚く。厳良(イエンリアン)の言う高棟(ガオドン)というのが何者かは当然知っていた。省の公安庁の副庁長を務め、省内全体の犯罪捜査を統括している男だ。厳良(イエンリアン)はかつて公安庁の捜査員に加わっていたことがあり、省の刑事総隊でも働いていたが、高棟(ガオドン)は副庁長を務めるまえに一年間刑事総隊の隊長を務め、厳良(イエンリアン)とは短期間ともに働いていたことがあった。数年前に警察を辞めているとはいえ厳良(イエンリアン)は公安庁でかなりの年月仕事をしていたのだから、庁内に多くの友人がいることは考えるまでもなくわかった。

　葉軍(イエジュン)が受話器を取って電話をかけると、予想通り、一人の警官がファックスで送られた書類を持ってきた。「葉(イエ)さん、省庁からのファックスが分局から転送されてきました」

　受けとって眺めると、印刷された文章にはこうある。「厳良(イエンリアン)教授が資料の入手を要望している。慎重に扱うべき情報および重要機密に抵触しない範囲で、寧市江東(ジャンドン)分局に協力を要請する」その下には公安庁の押印があった。

　警官が続ける。「さっき、高(ガオ)副庁長じきじきに電話がかかってきて、もしうちの派出所でなにか捜査がうまく進展していない事件があったら、厳(イエン)教授の意見を聞くといいと伝えられました」

　ほんのすこし考えをめぐらした直後、葉軍(イエジュン)は喜んで言った。

「厳(イエン)先生、副庁長の頼みで、「少年宮(シャオニエンゴン)の事件に協力してくれるんですね？」

　厳良(イエンリアン)は困惑した。

「少年宮の事件というのは？」

　すぐに葉軍(イエジュン)は、少年宮で朱晶晶(ジュージンジン)が転落死した事件をひととおり説明し、十年前の女児殺害事件を解決した厳良(イエンリアン)が来た以上、解決は近づいたと言いそえた。

　すこし考えて、厳良(イエンリアン)は苦笑する。「高棟(ガオドン)には紹介状を書くよう頼んだだけだし、調べるのも取り扱い注意の事件ではないんだけれどね。あいつはまったく計算高いな、この機につけこんで事件を一つ押しつけてきた」

　それを聞いて葉軍(イエジュン)ははじめて、厳良(イエンリアン)が来た目的は朱晶晶(ジュージンジン)の事件などではないと理解した。あの事件は発生直後から大きな扱いで、省の公安庁にも報告が行き、副庁長の高棟(ガオドン)もきっと注目したのだろう。いまに至っても捜査に進展がないので、厳良(イエンリアン)が資料を調べに来た機に、ついでにこちらの捜査を手伝わせようというのだ。厳良(イエンリアン)はかつて解けない事件はないと称され、しかも同じたぐいの殺人事件を解決していて、そのうえ当時のほうが状況は複雑だったのだ。それが手を貸してくれるなら事件解決の見込みはぐっと高まる。

　葉軍(イエジュン)は手の内を明かし、厳良(イエンリアン)の力添えが欲しいと伝えた。厳良(イエンリアン)のほうはふたたび警察の捜査に関わる気はさらさらなく、今回は徐静の一家三人が命を落として、自分の教え子の張東昇の仕業ではないかと疑ったゆえに寧市まで来たのであって、熱意を露わにした葉軍をまえにのらくらとかわすことになった。自分はもう警察官ではなく、すこし資料を調べに来ただけだし、少年宮の事件については被害者が未成年者だから重要機密に分類され、部外者の自分に明かしてはならない、規定違反になってしまうと答える。

態度を崩さない厳良を見て、葉軍の顔には思わず失望の色が浮かび、調べるのはなんの資料ですか、いますぐ出してきますからと熱のない様子で返してきた。厳良は詫びを口にし、どうしても力にはなってやれない、警察を離れてずいぶん経って、捜査のやり方など忘れてしまったからと弁解して、咳ばらいをすると続けた。「一昨日の朝、新華路で交通事故があっただろう、女の運転手が運転中に突然死したんだ、知っているかな？」

「知りません、道路でのことは交通警察の管轄ですがね、それがどうしたんです？」

「交通警察に連絡してくれないかな、当時の出動記録、事故報告書、問題の時間の新華路の監視カメラと、病院が出した検案書が欲しいんだ」

「そんなもの手にいれてどうするんです？」葉軍は考え、抑えた声で言った。「まさか、交通事故じゃなくて殺人だと疑ってるんですか？」厳良は濁して答える。「いまはわたしも確信がないんだ、どういう結論も下せない。

死んだのはわたしの親戚でね、それで、この件についてもっと全体を把握しておきたいと思ったんだ」

46

厳良(イエンリアン)と葉軍(イエジュン)はパソコンに向かい、監視カメラの映像を見ていた。

画面のなかでは大量の車が信号待ちをしている。朝のラッシュの時間で、道路は混みあっていた。厳良(イエンリアン)はそのなかの一台、赤のBMWに注目を向けている。そのとき、信号が青に変わって、交差点の先頭の車がゆっくりと動き出す。BMWもそれに続いて前進したが、はじめから明らかにおかしな動きを見せていて、左右に蛇行していた車はいくらも走らないうちに完全に見当はずれの方向に進んで、緑化帯にまっすぐ突っこんでいった。

葉軍(イエジュン)が話しはじめる。「交通警察の記録によれば、交通警察はもともとラッシュ時間に合わせて路上勤務に出ていたので、事故が起きて五分もせずに現場に駆けつけてるんですね。運転者に意識がなく、泡を吹いているのがわかったので、緊急事態だと窓を割って引きずりだし、病院に運んだが、病院に着いたときにはすでに生命徴候はなく、救命は断念されたと。車内からは睡眠薬が見つかって、運転者の夫と友人に話を聞いたところ、運転者はすこしまえに両親を亡くしてから精神が不安定で、毎日アルコールと睡眠薬に頼らないと寝つけなかったらしい。そのため、連日の神経衰弱状態に薬物の刺激が加わったのが死因と判断されたらしいですよ」

厳良（イエンリアン）が眉を持ちあげる。「しかし徐静（シュージン）の遺体には、それ以上詳しい検視も、解剖も、化学検査も行われなかったようだが」

「これはただの突然死ですよ、刑事事件じゃないんです、そんな作業は必要ありませんって」

厳良（イエンリアン）はうなずく。「わかっている。規定ではその処理で問題ない」

「この事故になにか裏があると考えてるんですか？」

厳良（イエンリアン）は肯定も否定もしなかった。

「でも当時、車には徐静（シュージン）一人だけで、ほかはだれも乗っていなかったんですよ」

厳良（イエンリアン）は笑った。「人を殺す方法ならいくらでもあるさ」

葉軍（イエジュン）はしばし考えていたが、やはり納得のいかない表情だった。「厳（イエン）先生、おれたちから見ると、こういう事故はよくあるもんです、運転中に突然死したのはご親戚のこの方一人じゃありませんよ。もちろんまだ若かったが、いまの世の中はストレスだらけですからね、若いやつの突然死だってよく聞く話だ。これのどこに問題があると思うんです？」

「事故全体を見ても、そうだな……たしかに問題は見当たらない、しかし……」一度言葉を切る。「一人、調べてもらえないか」

「だれです？」

厳良（イエンリアン）は口を引きむすび、気の進まない様子でその名を口にした。「徐静（シュージン）の夫の、張東昇（ジャンドンション）だ」

「そいつが女房を殺したと考えてるんですか？」

厳良（イエンリアン）は咳ばらいし、顔を近づける。「この件は内密にしておいてくれ、この結論にまったく確信はないんだ。ひょっとすると疑いが間違っているかもしれない。彼とは親戚関係なのに、この疑いが間違いだったらいたたまれない気分になる」

葉軍（イエジュン）は心得た様子でうなずいた。「わかりました、こいつのなにを調べてほしいんですか？」

「まっさきに確かめるべきは、この半月、彼がほんとうに教育支援に行っていて、寧市に帰ってきていないかだ」

47

朝十時、張東昇(ジャンドンション)が新しい家に戻ったときには、いまにも全身に力が入らなくなりそうだった。ここのところ通夜の寝ずの番を連日務め、昼のあいだにすきを見て家で仮眠を取るしかなかった。それでも気分は浮きたっている。

徐静(シュージン)が通勤中、車を運転しているときに死んだのは、想定したなかでもこのうえなく理想的な状況だった。一昨日徐静(シュージン)の死体を火葬にしてからは、いっさいの心配はなくなっていた。いまでは徐(シュー)家のすべてが、五ヵ所の不動産とかなりの額の蓄えもふくめ、のこらず自分のものになったのだ。

徐静(シュージン)が自分を裏切って、どこかの男と関係を結んでいたことは、いまとなってはいっさいどうでもよかった。はじめは徐静(シュージン)のことを愛し、結婚できることはなによりの幸福だと思っていたが、いまではその幸福な気持ちは跡形もなく消え、心のなかに徐静(シュージン)という存在はいなくなっていた。

ことによるとだれかに疑いを持たれるかもしれない——もしくは、あの入り婿が徐(シュー)家の財産すべてを継ぐとはじつに運がいいと陰で言われるかもしれない。だがそれもどうでもいいことだった。二件はどちらも文句のつけようのない事故でしかなく、だれが疑おうとも、それどころか調べてこようとも無駄だからだ。厳良（イエンリアン）教授すらも例外ではない。自分の口から言わないかぎり、あの二件が事故でなく殺人だと示す証拠はまったくないと熟知している。言うまでもないが、証拠は一つだけある——しかもなにより致命的な証拠、三匹の餓鬼のもとにあるいまいましいカメラだ。

　あの餓鬼相手にどんな手に出るか、張東昇（ジャンドンション）はひどく悩み、このところずっと考えてはいたが自信を持てる方法がいっこうに思いつかない。餓鬼どもがあまりに狡猾で、警戒心も強いのが問題で、人目のない場所で三人がそろって会いに来たことはなく、毎度一人が外に残っている。もし三人がそろってやってきたなら、その場でやつらの自由を奪い、カメラのありかを訊き出してから殺し、カメラを手に入れたら死体の始末と証拠の隠滅をすればいい。それならなにもかも非の打ちどころがない。しかし毎度現れるのは二人だけで、そいつらの自由を奪ってもう一人がどこにいるか聞き出すことはできるが、白昼堂々表に出て残りの一人を始末するわけにもいかないだろう。作戦が一度失敗すれば餓鬼どもとの関係はたちまち決裂して、きっと金のことなどかまわずにすぐに警察に知らせるはずだ。

　餓鬼どものことは長い目で考える必要がありそうだ。ことを起こすのは葬式周りの始末がついてからにして、まずは三人の機嫌を取り、あいつらの警戒心を解いてから実行に移す。腰を伸ばし、睡眠を取ろうと思ったときに、インターフォンのベルが鳴った。画面を見ると、三人の餓鬼の一人、朱朝陽が階下に立っている。今回は一人だった。きっとまた金をせびりにきたんだろう。中に入れるか逡巡していると、朱朝陽が口を開いた。「おじさん、いるのはわかってるよ、車が階下に停まってる」

鼻先で笑い、しかたなくボタンを押して優しげな声を出した。「やあ、入りなさい」

相手が家に入ってくると、親切に話しかける。「なにか飲むかい？　コーラかな？　ああ、炭酸は飲まないんだったね、じゃあジュースにしよう」

渡されたコップを朱朝陽は受けとり、素直に半分飲んで言った。「ありがとう」

「やあ、久しぶりじゃないか、元気にやっていたかい？　金がないのか？　さきにこづかいをあげよう、三十万はいまはまだ集まってないんだ、もうすこし時間をもらっていいかな」

朱朝陽は静かに椅子を引いて、勝手に腰を下ろす。「大丈夫、今日は金をもらいにきたんじゃないから」

「金じゃない？」すこし意外に思う。「ならどうした？」

「奥さんがどうやって死んだか、知りたい」

言われた瞬間眉をひそめたが、すぐに苦笑いを浮かべ、相手の向かいに腰を下ろして顔を眺める。「妻が死んだのはどこで知ったんだ」

静かに返す。「テレビのニュースで見たんだよ、おじさんのことも見た」

「ああ、そういうことか」表情が曇る。「医者は、あいつは最近神経がおかしくなっていて、運転しているときに突然身体の限界が来たと言っていたよ。ぼくも、なんと言っていいかわからない」

「たぶん、喜んでるんだよね」

張東昇（ジャンドンション）の目つきがふいに険しくなり、冷たい声で言う。「ずいぶんなことを言うんだな」

笑う朱朝陽（ジューチャオヤン）の顔に、恐れはみじんもなかった。「このまえは義理のお父さんとお母さんの二人で、これで奥さんも死んだんだ。自分は入り婿で、ここの車も家も自分のものじゃないって言ってたけど、いまはぜんぶ自分のものなんだよね、喜ぶはずじゃない？」

張東昇（ジャンドンション）は勢いよく鼻を鳴らして、口を引きむすんだ。「そうだな、たしかに義父母はぼくが殺した、きみたちも見ただろう。でも、妻はそれとは違うんだよ、ぼくは妻を愛していたのさ。あれは突然死で、ぼくが殺したわけじゃない。妻が死んで、ぼくも苦しいんだ。義父母のときと妻とでは話が違う、きみも大きくなって結婚したら、おのずとぼくの気持ちがわかるはずさ」

朱朝陽（ジューチャオヤン）はうなずいて、話題を変えた。「最近は、ほんとに出張に行ってたの？」

「そうさ、麗水(リーシュイ)の山の中に教育支援のボランティアに行ってた。妻の事故の日は、電話がかかってきて慌てて戻ってきたんだ」

朱朝陽(ジューチャオヤン)は眉間にしわを寄せる。「ほんとに?」

「もちろんだよ、きみこそ、そんなこと訊いてどうするんだ?」

「殺人の方法が知りたいんだよ。山の中で勉強を教えながら、どうやってそこまで離れてる人を死なせたのか、しかも車を運転してるときに突然死させて、まるで事故みたいに見せるなんて」

歯を食いしばる。「言っただろう、妻は突然死で、このまえとは違うのさ。ぼくは間違いなく山奥にいた、いっしょに教育支援に行っていた先生たちがみんな証言してくれる。ぼくが妻を殺したと疑うんだったら、ぼくは半月前に寧市を出て、それから戻ってきていないのにどうやって殺したと思うんだ?」

朱朝陽(ジューチャオヤン)は変わらず落ちつきはらってこちらを見ている。「だから殺人の方法が聞きたいんだよ、同じ手をぼくたちに使ってこないように、はっきり聞き出しておかないと」

張東昇(ジャンドンション)はあきれかえる。「何回もはっきり言っただろう、妻は突然死、自然死で、ぼくはまったく関わっていないんだよ。信じないなら勝手にしてくれ!」

いらだちながら煙草に火を点けて、吸いはじめる。義父母殺しは餓鬼ども三匹に見られてしまったが、これ以上秘密を知られては問題で、なにがあろうと二度目の殺人を認める気はなかった。

そこに、またベルが鳴る。立ちあがって見にいくと、画面に映っていたのは厳良(イエンリアン)だった。

ふつうに考えて厳良(イエンリアン)はあの葬儀の日に帰郷していたはずだが、今日ここに現れ、しかもこの新しい家に訪ねてきた。移ってきた家の住所は知らないはずなのにここを突きとめたということは、この自分が徐静(シュージン)の死に関わったと疑っているのだろうか？

とたんに緊張が走る。いま自分一人で家にいるのなら緊張などいっさいしない、なぜなら厳良(イエンリアン)が疑っていたとしても、なにひとつ証拠はないから。しかしいま、この家には朱朝陽(ジューチャオヤン)がいる。この餓鬼は自分の犯罪の明白な証拠を握っていて、万が一うっかり口を滑らしでもしたら、ほんのわずかでも口を滑らせたら、厳良(イエンリアン)の鋭敏な注意力と知力があれば、秘密を引きずり出してしまうかもしれない。

居留守を使って応対しないことも考えたが、つぎの瞬間にその考えは頭から追い出した。ここにいる子供ですら、階下に停まった車を見て在宅していると気づいたのに、厳良(イエンリアン)が気づかないはずがない。そんなことをしたら疑いを強めるだけだ。

慌てて振りかえり、朱朝陽(ジューチャオヤン)に低い声で言いつける。「友達が上がってくる。これから口をきくんじゃない、いいか？」

せっぱつまったその目を見つめて、朱朝陽（ジューチャオヤン）は笑いながら首を振った。「いやだよ。どうやって奥さんを殺したのか教えてくれないと、変なことを言いだすかもしれないよ」

張東昇（ジャンドンション）はじれている。「突然死だ、事故なんだって！」

朱朝陽（ジューチャオヤン）は強情だった。「ほんとうのことを言わないなら、協力は期待しないでよ」

ベルは鳴りやまず、厳良（イエンリアン）の声も聞こえてきた。「東昇（ドンション）、開けてくれないか」

その画面を振りかえった張東昇（ジャンドンション）は、怒りに襲われながら答えた。「わかった、殺したのはぼくだ、認める、いいだろう、協力してくれるな？」

「どうやって殺したの？」

歯ぎしりする。「毒を使った、あとで詳しく話す！」

朱朝陽（ジューチャオヤン）はあっさりと答えた。「わかった、協力するよ」

大急ぎで応答ボタンを押し、マイクに向かって話した。「厳（イエン）先生、ドアは開けましたから上がってきてください」

朱朝陽（ジューチャオヤン）が笑いながら訊いてくる。「ぼく、どこかそのへんに隠れてようか？」

一瞬考えをめぐらせて、すぐに首を振った。「だめだ、万が一隠れかたがまずくて見つかったら説明がしづらいだろう。きみはぼくの生徒で、参考書を借りに来たと言うんだ、いいな？」テーブルから『数理天地』を何冊かつかんで押しつける。

「大丈夫だよ」得意げでひそかな喜びの色がその顔をよぎった。

張東昇（ジャンドンション）は眉間にしわを寄せ、今日のこいつの表情があのいまいましい普普（プープー）と妙に似ているのはどうしてだろう、半月前のこいつはこんな性格じゃなかったのに――と考えた。

48

「ぼくのことは張（ジャン）先生と呼ぶんだ、ぼくは高校の数学教師だから、きみは夏休み中に個人的に勉強を教わっている生徒だと言え。今日は参考書を借りに来ていて、もうしばらくしたらさきに帰ると言い出す、いいか」厳良（イエンリアン）が階段を上ってくるあいだに張東昇（ジャンドンション）は慌ただしく指示を伝え、朱朝陽（ジューチャオヤン）は気分の悪くなるような笑顔を見せた。

そこにノックの音がして、眉間にしわを寄せながら朱朝陽（ジューチャオヤン）を見た張東昇（ジャンドンション）は、頭を指さして、もう一度低い声で付けくわえた。「ぜったいに忘れるなよ」

「任せてよ」自信ありげにうなずいた。

「いらっしゃい」ドアを開けた張東昇（ジャンドンション）は、しんから疲れきった顔に切りかえて厳良（イエンリアン）を家に招きいれた。「厳(イエン)先生、どうしていらしたんですか？」

「きみは一晩寝ずの番をして身体がもたないから、新しい家に行って休んでいると親戚から聞いてね。わたしが行ったときにはすこしまえに帰ったばかりだと聞いたから、まだ寝ていないかもしれないと思って会いにきたんだ。ええと――この子は……」張東昇(ジャンドンション)の真新しい家に見覚えのない子供がいるのを目にして、すこしばかりに驚いていた。

「夏休みに個人的に指導している生徒です。さっき、うちはここ何日か葬式があるから、参考書を持って帰って自習するように言ったところなんです」

すかさず朱朝陽(ジューチャオヤン)が言う。「張(ジャン)先生、忙しいですよね。あまり気を落とさないでください。ぼくはもう帰ります」

「そうだね、何日かしたら連絡するよ、夏休みだからってだらけないで、勉強をがんばりなさい」

「はい」

朱朝陽(ジューチャオヤン)は出ていこうとするが、厳良(イエンリアン)が視線をそこに一、二秒向けたかと思うと呼びとめた。「きみは何年生だ？」

足を止める。「これから高校二年になります」

「高校生なのか？」意外に感じずにはいられなかった。朱朝陽(ジューチャオヤン)は背が低く、一目見たときはこの子供は小学校高学年あたりで、夏休み中の張東昇(ジャンドンション)が個人的に金を取って教えているのかと考えていた。教師が休みのあいだ学習塾などを開くのは禁止されているが、こうして少数の生徒からこづかい稼ぎをするのは多くの教師がしていることで、仕事の割もよく、生徒たちの保護者も喜ぶことなので厳良(イエンリアン)はとやかく言う気はなかった。しかしこの子供が手にしているのが高校版の『数理天地』なのが目に入り、わずかな違和感を覚えて思わず呼びとめていた。

　朱朝陽(ジューチャオヤン)の答えを耳にして張東昇(ジャンドンション)の目元がぴくりと動いたが、すぐに平静さを取りもどして、こいつは機転が利くやつだな、と内心考えた。高校版の『数理天地』を手にしながら中学生だと答えていたら化けの皮がはがれていた。さっきは慌ただしくてこのことを注意するのを忘れてしまった。

　まずは朱朝陽(ジューチャオヤン)を送り出し、気を引きしめて厳良(イエンリアン)の相手をしようと考えをめぐらせていたが、つぎの厳良(イエンリアン)の行動に意表を衝かれた。厳良(イエンリアン)は軽く身をかがめ、朱朝陽(ジューチャオヤン)の手から『数理天地』を一冊取って、眼鏡のレンズの奥の切れ長の目をすこしだけすがめて、朱朝陽(ジューチャオヤン)をしげしげと見ながら雑誌をめくった直後、微分方程式を扱ったページに目を留める。その方程式にしばし目を走らせたかと思うと、ふいに笑った。「この問題は解けるかな？」

その視線を追っていた張東昇（ジャンドンション）は、微分方程式が話題になると知った瞬間ごくりと唾を飲みこんだ。それは高校一年生の知識で、しかも『数理天地』に載っているのは大会用の問題だ。この抜け作の餓鬼はまだ中学生で微積分にすら触れていないのだから、見てもちんぷんかんぷんに違いない。

これはまずい——おかしな答えを返したら厳良（イエンリアン）の疑いを呼んでしまう。厳良（イエンリアン）が自分を疑っていたとしてもこの場をしのぐ自信はあった。相手は証拠を握っているわけではないからだ。だが万が一この餓鬼に疑いを向け、こいつに狙いを定めて調査を進めたとしたら、それは……先を考えたくもなかった。

この餓鬼の答えで化けの皮がはがれるのではと気をもんでいると、朱朝陽（ジューチャオヤン）のほうは笑顔を見せ、自信ありげな表情がはじけて、悠然と一言答えた。「解はありません」

張東昇（ジャンドンション）は内心悪態をつく。この抜け作が、問題の意味がわからないからって気取りやがって。

思いがけないことに厳良（イエンリアン）は笑い声を上げ、『数理天地』を朱朝陽（ジューチャオヤン）に返した。「これは誤植だね、上の22は2のはずだ。東昇（ドンション）、きみが教えている生徒は大したものだ、たった三十秒ほどで方程式の間違いを見つけてしまった」

「ええ、そうですね」張東昇（ジャンドンション）は静かに笑いながら、内心の驚愕をおし隠していた。この抜け作にどうして微分方程式が解なしだと見ぬけたのか、考えが追いつかない。自分の目から見れば、三匹の餓鬼どもはきっとお話にならない成績の不良たちのはずだった。朱朝陽が二年生の前半学期で中学校の数学を学びおえ、学習に使っていたのは大会用の問題ばかりで、今年に入ってからは高校数学も自主的に勉強し、三年生で全国数学大会での一等賞を目指しているとは、張東昇は考えもしなかった。

朱朝陽が笑って言う。「おじさんはもっとすごいです、ちらっと見ただけで方程式の誤植を見つけるなんて」

張東昇は内心悪態をつく。犬も歩けばなんとやらじゃないか——とっとと失せてくれ、延々互いを持ちあげあって、インテリを気取ってどうする。しかし朱朝陽の言葉に厳良はずいぶんと嬉しくなったらしく、目を細くして笑いかけた。数十年数学に打ちこんできたのだから、数学に関わる鋭敏さは当然そのあたりの人間とは比べものにならない。方程式をざっと見ればおのずとおかしなところを感じとれ、すこし考えれば誤植があるとわかる。しかし子供からのほめ言葉を受けてみるとその嬉しさには言いようのないものがあった。

幸い、朱朝陽はそれだけ言っておとなしくその場を立ち去り、張東昇はほっと一息ついた。ここからは十二分に気を引きしめ、突然訪ねてきた厳良に立ち向かわなければならない。

49

親戚としての立場で型通りのやりとりとなぐさめの言葉をかけたあと、厳良（イエンリアン）はため息をついた。「徐静（シュージン）まで不幸に遭って、きっと内心とても苦しいだろう？」

張東昇（ジャンドンション）は鼻をすすり、ゆっくりと煙草を取り出して火を点け、うつろな目で前方を見つめ、黙りこんでいた。

それをしばらく眺めていた厳良（イエンリアン）は立ちあがって、居間の中央に歩いていく。「ここは徐静（シュージン）と二人で内装を決めた、新しい家だったんだろう？」

静かにうなずく。

「それがいまでは、きみ一人になってしまったわけだ」

なにげない一言を耳にした瞬間、煙草を持っている右手の小指がぴくりと動いたが、厳良（イエンリアン）の視界には入っていなかった。

厳良（イエンリアン）は苦笑を浮かべる。「見ていってもいいかな？」

張東昇（ジャンドンション）は胸の奥で、厳良（イエンリアン）はきっと自分を疑っているとの確信を強めた。以前の家はここ数日親戚だらけで、当然あの家に証拠を残してあるわけはない。厳良（イエンリアン）は新しい家でなにかを見つけ出そうとしているのだろう、しかし好きにさせておけばいい、なにも見つかりはしないのだから。厳良（イエンリアン）がこうするのではないかと予想して、さっき朱朝陽（ジューチャオヤン）を隠れさせなかったのはよかった。でないと家に子供が隠れていたのを見つけられ、あの餓鬼に疑いが向けられたのは確実だ。

張東昇（ジャンドンション）はそのまま居間に座って一言も発さずに煙草を吸い、厳良（イエンリアン）は気に留めた様子もなくそれぞれの部屋を一回りした。家はがらんとしていて家具もそろっておらず、日常的なこまごましたものも少なかったが、厳良（イエンリアン）はあらゆる空間を注意深く観察しており、見ないでおいたのはクローゼットのなかだけだった。

一回りして居間に戻ってきた厳良（イエンリアン）の顔には、これといった感情が浮かんでいるようには見えなかった。「新しい家にきてしばらく経っているようだね。一人で住んでいるのかい？」

張東昇（ジャンドンション）はうなずく。「徐静（シュージン）の両親が亡くなってそんなに経たないうちにまた離婚を切り出されて、今回はぼくものみましたが、いま離婚するときっと周りからどうこう言われると話して、もう数カ月待ってもらっていたんです。もう同じ家には住みたくない、べつのところに移りたいと言うので、徐静（シュージン）にはそのまま住んでもらおうと思ってぼくは引っ越したんです」

「別居か？」厳良（イエンリアン）は口をゆがめる。「どうやら、きみたちの結婚生活はもう挽回できないところまで来ていたようだな」

「ぼくがそうしたのは、べつの考えもあったんですが」

「ほう？」厳良（イエンリアン）は首をかしげ、ほんのすこし意外そうな目で見てきた。

「一人静かに過ごしてもらえば、凝りかたまった見方がほぐれるかもしれないと思ったんです。ぼくは一人でここに移ってすこししたら、麗水の山奥に夏休みの教育支援に行きました。あの山のなかで毎日写真を撮って送って、よりを戻す気になってくれないかと願ったんです。実を言えば、徐静（シュージン）もすこし考えを変えてくれていたんです。ここに返信のメッセージがあります」顔にうっすらと笑みを浮かべながらも、そこにはほのかな憂愁もあり、携帯を厳良（イエンリアン）に渡して煙草の煙を吐いた。「でも、突然こんなことになるとは……」

厳良（イエンリアン）が携帯を受けとると、微信（ウィーチャット）の張東昇（ジャンドンション）と徐静（シュージン）のチャット画面には、多くの写真とメッセージが残っていた。

了解を求める。「聴いてもいいかな？」

「かまいませんよ」

厳良（イエンリアン）は音声メッセージのいくつかを再生した。内容を大まかに言うなら、張東昇（ジャンドンション）は相手に首ったけの姿を伝えて、懸命に徐静（シュージン）の機嫌を取り、笑いを引き出そうとして山中の教育支援でのあれこれを話していた。ときどき徐静（シュージン）も興味を引かれ、それどころか笑いまじりに返すこともあって、前回顔を合わせたときよりもずいぶん態度は良くなっていた。

また、とくに厳良（イエンリアン）が目を引かれたのは、張東昇（ジャンドンション）は毎日写真とメッセージを送り、朝と昼と夜のすべてで二人がやりとりをしていることだった。だとすると——かすかに目を細くする。中国移動（チャイナ・モバイル）に問いあわせて、この時期張東昇（ジャンドンション）が麗水の山中にいて移動していないことが確認できれば、強固なアリバイが生じることになる。それにとどまらず、写真には張東昇（ジャンドンション）とほかのボランティアたちとがいっしょに写ったものも多かったから、訪ねていって確認を取り、間違いないとわかれば、麗水の山中には徐静（シュージン）が死ぬずっとまえからいて、寧市には戻っていないという百パーセントの証明がさらに手に入る。

麗水の山中から寧市までは車を最高速度で飛ばしても六、七時間必要で、往復すれば十数時間、すきを見て短時間で往復するのは不可能だ。

まさか——徐静（シュージン）はほんとうに自然死だったのか？

厳良（イエンリアン）は口を引きむすぶ。「残念だ、よりを戻せる見込みもあっただろうに。こんな事故が起きるとはだれも予想しなかっただろうね。ただ……事故ではないかもしれない、と考えたことはないか？」

張東昇（ジャンドンション）は仰天する。「どういうことです？」

「こんな若さで突然死する確率はごく低いだろう。知っているだろうが、わたしはむかし警察で働いていて、それなりに見てきたものもある。考えたことはないかな、ひょっとすると、徐静（シュージン）ときみがよりを戻す可能性が出てきて、べつのだれかが不満を抱くことになり、その結果……」

「それは、徐静（シュージン）の……恋人だと？」

厳良（イエンリアン）はうなずく。「何者か、きみは知っているかい？」

「職場の人間としか。会ったことはないですし、具体的にだれなのかも知りません」

「徐静（シュージン）の遺体さえあれば、もっと詳しい検視ができて、ほんとうに突然死だったのかどうか判断できたかもしれないんだが。交通警察の検視はいいかげんなものなんだ、あそこは交通事故のことしか考えないで、せいぜいアルコール量を測るぐらい、信頼のおける検死官を求めるなら刑事隊に行かないとならない。交通警察は飲酒運転かどうかを確かめて、心臓の状態を多少見ただけで突然死だったと結論を出したのさ。遺体はその日にきみのところに戻ってきたが、火葬は初七日を待たないで、つぎの日に済ませただろう、これは……すこしばかり急じゃないかな？」そう話しながら、厳良（イエンリアン）の冷徹な視線が張東昇（ジャンドンション）の目に向けられる。

しかしながら、張東昇がうろたえることはいっさいない。この質問には準備がしてあったのだろう。ふいに歯を食いしばり、握りしめた指の関節が白くなって、煙草を灰皿に乱暴に押しつけた。

厳良の視線が険しさを失う。「どうした？」

張東昇は息を吐いた。「厳先生、ぼくが徐静を殺したと疑ってるんですか？」

「いや……なぜだ？」

首を振る。「ぼくだってばかじゃありません、なにをお考えかは察しが付きますよ。あなたのほかにも、内心そう思っている人間はいるかもしれない。徐静の両親が死んで、徐静も死んで、徐家が持っていたあれだけの不動産が最終的に入り婿のぼくのもとに転がりこんできたんです、違いますか？」

「ああ……」

「徐静が死んだ次の日、葬式が終わるまで遺体は安置しろだの何だのと周りが言うのも聞かずに、ぼくは急いで火葬を済ませてから葬式にした、なおさら怪しく見えるでしょう？」

「ああ……」

「はたからそう思われても、弁解を述べる気はありません。これはとても口にはしたくないことなんです。でも、あなたから誤解の交じった目を向けられるのはなんとしても避けたい——そうです、たしかにぼくは徐静（シュージン）の火葬を急ぎました、それは……事故の日、慌てて寧市に戻ってきたあと、家でコンドームの箱を見つけたんです。で……でも、ぼくと徐静（シュージン）はもう長いこと、夫婦生活はありませんでした」

張東昇（ジャンドンション）は目を赤くし、まっすぐに厳良（イエンリアン）を見つめて、一人の男の裡（うち）に満ちる屈辱と悲憤を懸命に胸のなかに抑えつけているかのようだった。「例の男とはきっと身体の関係があるんだろうとはまえから思っていました。でも、ぼくが山奥で教育支援をしながら、どうにか振り向いてもらおうとして、毎日写真を撮って話をして、喜ばせようとして、向こうだって楽しそうな雰囲気を見せていたのに、なのに、はばかることなくそいつを連れこんでいたんです。徐静（シュージン）には会いたくありませんでした、心からです、あのときは心から、徐静（シュージン）の姿を見たくないと思った——棺に横になっている徐静（シュージン）とは対面できませんでした、だったら灰になっていてほしかったんです。わかってもらえますか」

厳良（イエンリアン）は指を組み、興奮する張東昇（ジャンドンション）を見つめながら黙りこんでいた。すこしして立ちあがり、言った。「ゆっくり休みなさい。ここ何日かは忙しくてしかたがなかっただろう。もし助けが必要になったら、いつでも連絡してくれ」

部屋を出ると、厳良（イエンリアン）は眼鏡を外して拭きながら、張東昇（ジャンドンション）という男のことがわからない、と思った。

徐静（シュージン）は以前、自分が事故に遭ったならきっと張東昇（ジャンドンション）の仕業だと言っていた。

しかし理屈で考えて、徐静（シュージン）が死ぬ半月ほどまえから張東昇（ジャンドンション）にはアリバイがあった。しかも質問への答えにもいっさい問題はないし、表情やふるまいさえもまったく自然だった。

――ただの見当違いだったのだろうか？　厳良（イエンリアン）は考えにふけった。

第十四章　驚愕

50

朱朝陽(ジューチャオヤン)は、午後に新華(シンホワ)書店で普普(プープー)に会うなり口を開いた。「やっと会えたよ」

普普(プープー)は軽く顔を赤らめて、そっと顔をそらす。「毎日会ってるのに？」

朱朝陽(ジューチャオヤン)は真面目な顔で言う。「すごく大事なことを話したいんだ」

普普(プープー)はうつむいて、さらに顔が赤くなった。「うん……言ってみて」

「あの男——張(ジャン)のやつ、奥さんを殺したんだ」

「えっ？」普普(プープー)は顔を上げて目を見開く。聞こえたのは予想していた言葉ではなく、唐突な一言だった。

「そうだよ、あいつは奥さんを殺したんだよ」相手の顔をよぎっていった失望には気づかなかったようで、朱朝陽(ジューチャオヤン)は真剣な顔で繰りかえす。

「えぇっ……なんでわかったの？」そう言って、普普（プープー）は眉間にしわを寄せる。「あいつ、捕まったの？　じゃああたしと耗子（ハオズー）はいますぐ逃げないと、でも朝陽（チャオヤン）お兄ちゃんは――」

朱朝陽（ジューチャオヤン）は首を振る。「いいや、警察には捕まってないよ、ぼくが問いつめたんだ」テレビで男の姿を見たことと、朝のできごとをざっと話す。

聞きおえた普普（プープー）は口をあんぐりと開けた。「一人でそんなこと訊きにいくなんて、危ないのに」

朱朝陽（ジューチャオヤン）は一笑に付すように口をゆがめた。「ぜんぜん危なくなんかないよ、まだだれもあいつを捕まえてない、犯罪の証拠を持ってるのはぼくたちだけなんだよ。カメラを手に入れるまでは、ぼくたちのだれにも手は出してこないって」

普普（プープー）はうなずきながら、心配そうな目で見てくる。「でもやっぱりすごく危ないと思う」

朱朝陽（ジューチャオヤン）は鼻を鳴らす。「安心してよ、見通しは立ってる。あいつは義理の親を両方殺して、奥さんも殺したんだよ。このまえは自分は入り婿だから金は持ってないって言ってたけど、義理の両親も奥さんも死んだんだから、相続法の決まりで、なにもかもあいつのものになったんだ。カメラを買いとる金はすぐに入ってくると思うよ」

「やっぱり、そのうちカメラに三十万払ってくれるって思うんだ？」

「当然だよ、でも――」すこし逡巡した。「何日かは葬式があってすごく忙しいって言ってた。何日か置いてまたあいつのとこに行くけど、いっしょに来てくれないかな？」

「もちろん、あたしと耗子(ハオズー)のためなんだから、いっしょに付いてくに決まってる」

「いや、その日にあいつに会いにいくのは……その、二人のためじゃないんだ」

普普(プープー)がけげんそうに訊く。「じゃあなんのため？」

口ごもりながら答える。「まだよく考えてない。けど、そのときは話を合わせて手助けしてほしいんだ」

「かならず助けるよ」

「うん、約束だよ、いっしょに来て、そのときぼくがなにを言ってもぼくの味方になって、手助けしてもらう。いい？」

普普(プープー)は考えたあと、決意を固めたように答えた。「大丈夫、ずっと味方でいるから」そう言ってまた恥ずかしそうにうつむき、慌てて話題をそらす。「お父さんとの仲は、最近どうなの？」

朱朝陽(ジューチャオヤン)は鼻を鳴らした。「父さんはもう死んだんだ」

普普(プープー)は仰天する。「えっ、いつ？　なんで急に死んじゃったの？」

口をゆがめる。「ぼくの心のなかでは、死んじゃったってこと。ぼくと母さんは、あのクソアマに頼まれたやつにうんこをかけられて、家の玄関も赤のペンキで汚されたんだよ。ぼくが警察を呼んで、警察はクソアマを捕まえようとしたけど、父さんはいつまでもあいつを守ってた。父さんの心のなかじゃ、大事なのはあいつだけで、ぼくは家族なんかじゃないんだ、クソアマの家だけを愛してるんだ」

晶晶（ジンジン）の母親が男たちに命じ、嫌がらせをしてきた件をひととおり説明した。

普普（プープー）は拳を握りしめて義憤を燃やす。「そんな人がいるんだ――うんこなんかかけてくるなんて本気で最低だよ、そいつこそ肥溜めに突っこんで、おぼれ死にさせてやらなきゃ気が済まないよ」

「そうだよ、ぼくだってそうしてやりたい」朱朝陽（ジューチャオヤン）の口の端に冷たい笑いが浮かぶ。

「それでクソアマはどうなったの？　どれぐらい警察に捕まってたの？」

歯を食いしばる。「一日だけだよ、罰金を払って終わり」

「一日だけ？」食ってかかるように言う。「警察はクソアマに買収されたんだ。もともと警察なんていいやつらじゃないんだ、あたしのお父さんも言ってたもん！」

朱朝陽（ジューチャオヤン）はあきらめたように言う。「このことは警察だけを責められないよ。ほんとうは何日も牢屋に入る予定だったのに、父さんがもうあいつの責任のことは深追いするなって言ったんだよ」

「それって……うんこをぶっかけてきたやつだよ！　お父さん、これでおしまいなんてよく言えたね」

「あっちの家しか目に入ってないんだ。それで父さんは、こっちを黙らせたあと、ぼくと母さんのために一万元を渡してきたんだよ」

普普（プープー）はうなずいた。「もともともらって当然のお金だね、うん、一万元か、けっこうな額だね、でもほんとはもっともらわないと」

相手をしばらく見つめていた朱朝陽（ジューチャオヤン）は冷たい笑いを浮かべ、首を振って、異様な響きの声で言った。「金のことを言い出さなかったら、あの人はまだぼくの父さんだったね。金を渡してきたそのときに、ぼくの父さんは死んだんだ」

普普（プープー）が困惑する。「金を渡してこないほうがお父さん失格だって。なんでお金を渡されたらお父さんじゃなくなるの？」

それを見かえしていた朱朝陽（ジューチャオヤン）は、笑うと、おとなじみた目で普普（プープー）を見つめた。「もう何年かしたら、わかるよ」

51

厳良の頼みで、葉軍と部下の警官たちはいくつかの事項を調査し、結果はあっという間に出た。

「徐静が死ぬまでの半月、張東昇はたしかに麗水の山のなかで教育支援に参加していましたよ。この点は通信会社のデータで裏付けが取れてます、あの男は現地を離れていません。いっしょに教えていた教師にも話を聞きましたが、証言の内容は同じでした」葉軍は結果を厳良に伝えた。

厳良はその場に立ちつくし、黙りこんで頭を働かせている。

葉軍が結論を口にした。「ということで、張東昇が犯人のはずはないんです」

厳良ははっきりとは賛同しなかった。その場に居合わせなくとも人を殺す方法はいくつも知っているが、その可能性を口にすることもない。徐静が火葬されたことで、結論を手に入れるのはまったくの不可能になっていた。張東昇が殺したのかもしれないし、ほんとうに突然死なのかもしれない。真相にはおそらく永遠にたどりつけない。

葉軍は続ける。「どうしても徐静は自然死でないというなら、張東昇よりも、徐静の交際相手のほうが怪しいですよ。そいつは付といって、徐静と同じ職場の上司で、三歳年上、結婚してますが夫婦仲は良くなくて、それで去年から徐静と付きあいはじめてました。

この野郎が女泣かせで、顔もよければ金も持ってるし、仕事もやり手で、なかなかの伊達男ときて、何人もの女と不適切な関係を結んでたんですよ。この時期に徐静(シュージン)の家に行ったことは本人も認めて、はじめはただ慰めてただけだって言ってましたが、こっちが問いただしたらやっと、徐静(シュージン)の家で性交して、コンドームを使ったと認めました」

厳良(イエンリアン)はうなずく。「張東昇(ジャンドンション)は開封されたコンドームの箱を家で見つけて、屈辱から怒りを燃やし、すぐに徐静(シュージン)の遺体を火葬してしまった。これも話は通る」

葉軍(イエジュン)が言う。「それと、周りの人間に訊いてわかったんですが、付(フー)のやつはここのところ徐静(シュージン)と何度もけんかしていたそうで、このことを付(フー)に訊いてみたら、そのとおりだとうなずきました。徐静(シュージン)と張東昇(ジャンドンション)が互いにいい感じのメッセージを微信(ウィーチャット)で送ってたのを見て、やきもちを焼いたんだそうで。でも自分が徐静(シュージン)を手にかけたとはいっさい認めませんでしたね、二人とも今年の末までにはそれぞれ離婚して、来年には結婚する予定だったとかで、微信なんて小さなことで大した騒ぎにはならないと」

厳良(イエンリアン)が見つめかえす。「どう思うかな？」

「反論する根拠は見あたりませんね、もともと今回は自然死で方針が固まってるから、強制取り調べに持ちこむこともできません。付(フー)によると、徐静(シュージン)は両親が死んで以来、いつか自分が突然死んだらきっと張東昇(ジャンドンション)の仕業だと言ってたそうです。でも今回の件がほんとうに張東昇（ジャンドンション）の仕業だとは思ってませんでした、事件が起きるまでの何日間か、二人はずっといっしょで、張東昇（ジャンドンション）はたしかに家には戻ってないからだと。徐静（シュージン）は最近いつも酒を飲んでて、ときどき睡眠薬も飲んでたから、付（フー）も徐静（シュージン）はただの突然死だと考えてます。もちろん警察には、この件は表ざたにしてほしくないと言ってました、徐静（シュージン）が死ぬ前日に自分がいっしょにいたと知られたくないと——体裁が良くないですからね」

厳良（イエンリアン）は長く考えをめぐらせていたが、うなずいて葉軍（イエジュン）に感謝を伝えた。

いまからどう話を進めるべきか、厳良（イエンリアン）にもわからなかった。張東昇（ジャンドンション）に手のうちを明かすか？　さらに深く相手を調べるか？

徐静（シュージン）はすでに火葬されている。その場に居合わせずに人を殺すいくつかの方法というのは、突きとめるのにどれももっと突っこんだ検視が必要だが、いまではもう無理で、結論は出せなくなった。張東昇（ジャンドンション）がみずから明かしでもしないかぎり、だれも手出しはできない。これ以上張東昇（ジャンドンション）を調べることに、厳良（イエンリアン）はまったく希望が持てなかった。警察官としての長年の経験で、すべての事件について真相を導けるわけでないのは身にしみてわかっていた。多くの真実は、だれにも知られずに終わる。しかも、もし徐静（シュージン）がほんとうに自然死で張東昇（ジャンドンション）とはいっさい関係がなかったとしたら、こうしてあの男を疑った自分は、今後どう付きあっていけばいいのか。

内心静かに願うしかなかった——張東昇（ジャンドンション）の仕業ではないと、これは事故だと、自分の教え子とはいっさい関係がないのだと。

52

あれから数日、朱朝陽（ジューチャオヤン）と普普（プープー）は毎日新華書店で顔を合わせたが、朱朝陽（ジューチャオヤン）は普普（プープー）が自分を好きだという件に一言も触れず、普普（プープー）はなかなかに落ちこんだ。しかし、このところ朱朝陽（ジューチャオヤン）がいつもなにか考えこんでいる様子でほとんど口をきかないのにも気づいていて、あるとき数学オリンピックの問題を読んでいるのを見ると、三十分経っても同じページを開いたままだった。

それが一週間後のある日、顔を合わせると朱朝陽（ジューチャオヤン）はまるで別人のようになっていた。いつもしかめられていた眉がほぐれていた。二人は午後のあいだじゅう本を読みながらおしゃべりし、久しぶりの楽しさが戻ってきた。

別れるときに朱朝陽（ジューチャオヤン）が言った。「あいつの家の葬式ももう終わっただろうから、そろそろ会いにいくよ。明日の朝八時、本屋のまえで待ちあわせて二人で行こう。そのときは、ぼくがあいつになにを頼んでも、かならずぼくの味方になって、いいね？」

普普(プープー)は不思議に思って見つめかえし、いったいなにが起こるのかと訊いたが、明日になればわかると言ってそれ以上は明かしてくれなかった。結局、普普(プープー)はうなずいて相手の言うことを受けいれた。

次の日の朝、落ちあった二人は連れだって盛世豪庭(ションシーアパートメント)に向かった。建物はあいかわらず静かで、なかに人影はいくつもなく、外の駐車場にちらほらと停まった車のうち赤のBMWがすみにぽつんと置いてあって、あの男が家にいると知らせていた。

朱朝陽(ジューチャオヤン)がここに来るのは三度目で、行きかたは頭に入っている。インターフォンのベルを鳴らして階上に向かい、男と会うと、相手は寝間着のままだった。張東昇(ジャンドンション)は朱朝陽(ジューチャオヤン)の顔に数秒視線をさまよわせたあと、普普(プープー)のほうを見て笑いかけた。「座りなさい、なにか飲むかな？　普普(プープー)は、コーラかな？　朝陽(チャオヤン)、きみはオレンジジュースかい？」

うなずいて返す。「どうも、おじさん」

張東昇(ジャンドンション)は二人に飲み物を注ぐと、その向かいに座り煙草を一本出した。「吸ってもいいかな？」

かまわないと伝える。「自分の家だよ。好きにしてよ」

「ははっ」煙草に火を点ける。いやにくつろいだ口調だった。「金を受けとりに来たんだろう。まだ財産の相続手続きが済んでいないんだ、たぶんすぐにはそう大金は出せないから、それよりも――」

朱朝陽が話をさえぎる。「おじさん。金をもらいに来たんじゃないんだ」

普普が視線を向ける。考えが見通せない。金のためでないなら、なんの用があるのだろう。

朱朝陽は続ける。「このまえ、毒で殺したって言ってたけど、もっと具体的に話してくれる？」

張東昇は口を引きむすび、苦笑いを浮かべた。「このまえはなんとしても根掘り葉掘り聞き出す勢いだったから、適当に考えた話でごまかすしかなかったんだ。ほんとうは、妻はたしかに突然死して事故を起こしたんだよ」

朱朝陽は大人のようにきっちりと座って首を振り、まったく信じていない様子で返した。「だまされないよ、そっちの手のうちはわかってるんだ、奥さんはぜったいに殺されたんだよ。でなかったらこのまえも、あんなに慌ててぼくを追い出さなかったでしょ、あのとき来てたおじさん、ほんとのことに勘づいてるんじゃない？」

張東昇は目の端をかすかに細くして、あくまで言い張った。「たしかに突然死だったんだ、嘘じゃない」

「おじさん、それはさすがに汚いよ。あの日は具体的にどうやって毒で殺したか教えてくれるって言ったのに、今日になったらごまかしてくるなんて。そんなんじゃ、カメラを売るときにもだまくらかしてこないか、本気で心配だな」

　張東昇（ジャンドンション）は眉間にしわを寄せ、複雑な目で朱朝陽（ジューチャオヤン）を眺めた。この子供は目つきもふるまいも、話しかたまでもこのまえとはまったく違っているように見え、かすかに寒気らしいものすら感じていた——そう、寒気だった。普普（プープー）の冷ややかさとも違う。普普（プープー）はひどくいまいましい小娘だったが、しばらく接してみるとむしろ自分に子供らしい面があるのを隠しているような、防御のためのふるまいのたぐいのように思えた。しかし今日の朱朝陽（ジューチャオヤン）には、なりふりかまわない攻撃欲のようなものが見えていた。

　咳ばらいして話しはじめる。「妻のこととときみたちとはべつの話だ、安心してくれ、財産の処理が済んだらかならず金は渡す。きみたちとは本心で話しているんだよ、もしかしたらぼくが人を殺すところを見て、ぼくは悪人だと、卑劣だと思っているかもしれない。でもぼくにも、そこまで追いこまれるほどの苦しさがあったんだ。ぼくはこの家の入り婿なんだが、どんな気分か、ひょっとするときみたちにはわからないかもしれないな——じゃあわかりやすく言おう、ぼくの両親がこの家に来て、ぼくに、嫁さんに、その家族に会おうとしても、向こうはぼくの両親を家に泊まらせてくれない。二人はもうかなりの歳で、ぼくをこれまで育ててくれたのに、息子が結婚したと思ったら相手の家の敷居すらまたがせてもらえないんだ、どんな気分になるかわかるかい？」

視線を普普（プープー）に投げかけると、普普（プープー）は口を引きむすんだ。「お父さんとお母さんは、泊まらせてもらえなかったの？」

力なく息をつく。「ぼくは農村の生まれで、向こうは都会の人間、ぼくの両親は汚らしいって言うんだ」

普普（プープー）はうなずいてみせる。「あたしも農村生まれだよ」それから首を振った。「でも、だからって殺していいわけじゃないよ」

乾いた笑いを漏らす。「妻は浮気をしてて、離婚を言い出してきた。ぼくは入り婿で、離婚したら一分の金すら入ってこない。しかも妻は男を家に連れこんでた。見てのとおり、ぼくは子供がいない、そうだろう？　結婚して四年経つけれど、妻はぼくとの子供を作ろうとしなかったんだ。でもいまになってほかの男と子供を作ろうとした。どうだ、ぼくがこうしたのも仕方がないことじゃないか？」

張東昇（ジャンドンシヨン）の話がふいに、普普（プープー）の心の敏感なところに触れ、歯を食いしばって冷たく言った。「あんたの奥さん、ほんとのくそったれだね」

もとはといえば張東昇（ジャンドンシヨン）は虐げられた哀れな姿を作りあげて二人の同情を買い、防御心を弱めさせるために、自分の経験したことをそれらしくふくらませておこうと考えただけだった。まさか普普（プープー）が自分の側に立って憤りを見せるとは思わず、これにはすこしばかり驚いた。

しばし考えてから話し出す。「ぼくは子供がいないし、ぼくは教師だ。きみたちを見ていると、自分の子供を、自分の生徒を見ている気分になるんだよ。詳しいことは教えてくれなかったが、それでも、きみたちの家庭になにかあったはずだというのはわかるよ。まだ未成年の子供たち三人が、あまり早くそんなものに触れるのは見たくない。きみたちは学校でしっかりと勉強するべきなんだ、それならいまとはまったく違う未来が開ける。人がいちばん大事にするべきなのは、未来に希望を持つことさ。ぼくの人生はもうこんなことになって、変えるのは無理だが、きみたちにはそれができる。これからずっときみたちの力になろう、大学を卒業して、自分の未来を手につかむことができるまでね」

二人に視線を送る。普普（プープー）はうつむいて、目の鋭さが薄れていた。朱朝陽（ジューチャオヤン）もなにか考えこんでいる様子だ。

この一手はうまくいった、と感じた。しょせんは子供だ、信用を得るのは造作もない。内心得意になっていると、朱朝陽（ジューチャオヤン）がふたたび顔を上げ、すこしまえの表情に戻って言った。「おじさん、今日は説教を聞きに来たんじゃないんだ、とにかくぼくは、どうやって奥さんを毒で死なせたのかを聞きださないといけない」

張東昇（ジャンドンション）は眉間にしわを寄せる。「きみにはまったく関係ない」

「いや、関係ならある。とにかく今日は聞かないと帰れない」

「聞いてどうするんだ？　ぼくが同じ方法できみたちに手出しすると思うのか？　それはありえない、安心しなさい。さすがに三十万を出さないためにまた人を殺すなんてことはしない」

「ぼくたちの取り引きとはべつのことなんだ、ぼくはとにかく方法が知りたいだけなんだって」

「なにを考えているんだい、きみも人を殺したいのか？」あなどった様子でせせら笑う。

そこに朱朝陽（ジューチャオヤン）が唐突な一言を返した。「そう、ぼくも人を殺したいんだ」

その瞬間、普普（プープー）が目を見開き、仰天して朱朝陽（ジューチャオヤン）を見つめた。

張東昇（ジャンドンション）も眉間に深々としわを刻み、相手を眺めたが、表情からは、この餓鬼がいっさい冗談など言っていないのが感じられた。

「ごほん」張東昇（ジャンドンション）は咳ばらいする。「きみは……だれを殺したいんだ？　きみたちぐらいの歳なら、けんかだとかいじめだとかはよくある話だし、衝動的に考えやすいんだ、ぼくにはわかる。でもいいかい、そんなことは大人になって振りかえってみたら、実はどれも小さな話で……」

朱朝陽（ジューチャオヤン）がさえぎる。「そんな小さいことじゃない、なんでもいいから、いまかならず話して！」口ぶりがいきなり脅しつけるように変わる。「ぜったいに教えてよ、嫌だって言うならこっちはなんだってできるんだ」

張東昇（ジャンドンション）の表情は硬直し、指に挟んだ煙草も空中で動きを止め、しばらく経ってから、いまの朱朝陽（ジューチャオヤン）よりはわずかに話ができそうな普普（プープー）に視線を向けた。「朝陽（チャオヤン）は……どうしたんだい？」

普普（プープー）は朱朝陽（ジューチャオヤン）を見ておずおずと訊く。「な……なに考えてるの？」

その目を見かえして朱朝陽（ジューチャオヤン）は言う。「味方になってくれるんだったよね？」

「ああ……」躊躇していたがうなずく。「うん。おじさん、あたしたちに教えてよ」

張東昇（ジャンドンション）は口を引きむすび、煙草をもみ消して立ちあがり、しばらく歩きまわると、ふたたび腰を下ろして腕を組み、気づかうように訊いた。「教えてくれ、なにがあったんだ、なにをたくらんでる？」

朱朝陽（ジューチャオヤン）は息を深く吸いこんだ。「大人を二人殺したい。毒を飲ませる必要があるから、どうやってやったのか知りたいんだ」

普普（プープー）が困惑する。「だれを殺したいの？　あのクソアマ？　なんで二人なの？」

朱朝陽(ジューチャオヤン)はそれには答えず、張東昇(ジャンドンション)をまっすぐにらみつづけていた。

「それは……」唇を噛み、眉をしかめる。「二人というのはだれなんだ？」

「気にしなくていい、とりあえず迷惑はかけないから。協力してくれるならぜったいに迷惑はかけない」

張東昇(ジャンドンション)は首を振った。「いいか、きみはまだ小さい、絵空事しか考えてない。毒を盛るのは、きみが思うほど簡単じゃないんだ、警察には突きとめられるよ。それに相手に近づいて向こうの食べ物に毒を入れないといけない、でないと毒を飲ませられるわけがないだろう？」

「だったら、べつのところで仕事をしてたのに、どうやって奥さんを毒で殺したの？ 警察だって気づかなかったよね」

張東昇(ジャンドンション)は口をゆがめる。「面倒な話だし、ぼくは運も良かった。でなかったらもっと警察に調べられてたよ」

朱朝陽(ジューチャオヤン)が返す。「どうせ殺したのはぼくたちも知ってるんだから、具体的にどうやったかを話したって、べつになんてことないよ」語気を強める。「とにかく、いまかならず話してもらうよ。普普(プープー)、味方になってくれるよね」

普普(プープー)は静かに歯を食いしばり、しばらく躊躇していたが、そのすえに張東昇(ジャンドンション)に顔を向けた。「おじさん、ぜったいに教えてあげて。でなかったら、わかってるよね」

張東昇（ジャンドンション）は冷徹さだけの残った表情で、向かいの子供二人を見つめた。普普（プープー）の目には懇願がこもっているように感じ、朱朝陽（ジューチャオヤン）の目には、食い下がろうとする一念しか残っていない。もし丁浩（ディンハオ）もこの場にいたならおそらくいますぐ三人の動きを封じ、カメラをどこに隠したか訊き出して最後には三人とも殺していただろう。しかし相手は来るたびに一人を外に残すよう相談していて、襲いかかっても勝算はまったくなかった。二度の殺人は何者にも気づかれず、警察すら事件を調べなかったというのに、いまになって三匹の餓鬼に運命を握られているというのは、まったくおそろしいほどの皮肉だと思った。

深く息を吸いこみ、二度人を殺したことはもうこいつらに知られているのだから、徐静（シュージン）をどう殺したかも隠すようなことじゃない、と考えて、あきらめとともに口を開いた。

「妻は毎日朝に、コラーゲン入りの美容サプリを飲んでいたんだ。ぼくはカプセルに毒を潜ませてから出張に行った。半月経って、妻はその毒入りのカプセルを飲んで死んだんだ。そのときぼくは離れた場所にいたから、警察は疑ってこなかった」

朱朝陽（ジューチャオヤン）が訊く。「なんの毒なの？」

眉間にしわを寄せる。「青酸カリだよ、きっと知らないだろう」

朱朝陽（ジューチャオヤン）は首を振った。たしかに中学の段階で触れる化合物ではない。質問が続く。

「毒はどうやって手に入れたの？」

しぶしぶながら答える。「自分で合成したよ」

「数学の先生じゃなかったの？」

「理系科目はある程度わかる」

「その毒は、飲んだらどれぐらいで死ぬの？」

張東昇（ジャンドンション）はため息をつき、勉強熱心な生徒を眺めてあきらめたように口をゆがめた。

「数分だよ」

朱朝陽（ジューチャオヤン）はすこし考えをめぐらして言った。「おかしいよ、嘘をついてる」

「ついてないさ、いまさら嘘なんか言ってなんになるんだ」

「奥さんは家でカプセルを飲んだんだよね、数分で死ぬっていうけど、道路で運転中に死ぬわけがないよね？」

「それは……」徐静（シュージン）殺しの秘密を最後まで話すしかなかった。「毒薬は、もっと小さいカプセルに入れてあって、その小さいほうをもとのカプセルに入れておいたんだよ。カプセルの外の膜は胃の中で分解されるまで何分もかからないが、膜が二層になると違って、もっと時間がかかる。だから家を出たあと、ちょうど車のなかでいきなり死んだんだ」

朱朝陽（ジューチャオヤン）は満足したようにうなずく。「自分は出張中で、奥さんは車のなかで突然死したんだから、警察も疑ってこなかったわけか。でも、もしカプセルを飲むのが朝じゃなかったら？　どうなるの？」

「飲むのはいつも朝だったからね、でも夜に飲んで家で死んだとしても、ぼくは出張中だから疑いはごく小さい。まっさきに駆けつけて死体を火葬すれば、もうだれにもわかりはしないよ。もちろん、朝出かけるまえにカプセルを飲んで、車を運転中に死んでくれたのは願ってもない結果だったね。交通警察の管轄になって、交通警察は大した調査もしない――だから、運も大事だったのさ。きみが毒で人を殺すとしたら、相手がなにか食べてすぐに死んだら、間違いなく警察は毒を盛られたと考えるよ。相手の食べ物に近づいたきみが疑われないと思うかい？　だからやめておいたほうがいい、毒で人を殺すのは、きみが思うほど簡単な話なんかじゃないんだ」

朱朝陽（ジューチャオヤン）はしばし考えこみながら、眉をしかめた。こいつが奥さんを殺すときもそれなりに苦労したのか。自分は、あの二人に近づくチャンスすらないのにどうやって毒を盛る？

しばらくしてふたたび顔を上げる。「この毒は、飲ませないと相手は死なないの？」

「ああ……当然だろう」

「鼻から吸わせたらどうなる？」

「だったら密閉した場所で、空気中に毒を充満させないと。そんな量の毒、どうやって手に入れるんだ」

「注射は？」

「ふうん……」張東昇(ジャンドンシヨン)は眉をひそめながら相手に目をやり、あきれながら言う。「理屈上はできなくはないが、やるつもりなのか？」

「注射だったら飲むより早く死ぬの？」

相手を見つめる。「ああ……どうしてわかったんだ？」

「人間の循環器系のことは教わったから」

「ほんとにやるつもりなのか？」

「毒を分けてよ、自分で方法は考える」

それを聞いて張東昇(ジャンドンシヨン)は驚愕した。なんとしても応じるわけにはいかない頼みだ。こいつの勢いを見るにほんとうに殺人を計画している様子で、もし毒を渡したら、こんな餓鬼が人を殺して警察に捕まらないほうがおかしい。警察に捕まったら、百パーセント自分も売られる。何度も首を振った。「毒薬は持ってない、捨てたんだ、そんなものを持ったまま警察が調べに来るのを待つわけがないだろう？」

「ないならまた合成すればいいよね、合成の方法はわかるって言ってた」

「原料もないんだよ」

朱朝陽（ジューチャオヤン）は強情に首を振った。「嘘だよ、きっと方法はある。とにかくそんなこと知らないよ、ぼくに協力してくれないと。それか、ぼくの代わりに二人を殺して」

「えっ、代わりに殺すだって？」張東昇（ジャンドンション）は叫びだしそうになった。「いったいだれを殺したいんだ？」

朱朝陽（ジューチャオヤン）は歯を食いしばり、ひとつ間があって吐きすてた。「父さんとあの女だよ！」

その瞬間、横でそわそわしていた普普（プープー）が一気に顔色を変えた。「ええっ、殺すのってお父さんもなの！」

張東昇（ジャンドンション）は舌をだらりと伸ばしたまま愕然としている。

53

長い沈黙のあと、驚愕に襲われていた張東昇（ジャンドンション）はようやく気を取りなおし、複雑な目つきで相手を見た。「きみのお父さんにはべつの女がいる、わかるよ、きみは恨みを持って当然だ。でもこれは大人の話で、きみが首を突っこむことじゃない。大きくなればそのことはわかるよ、いま勢いまかせに動いたら一生を棒に振ることになる。いま考えていることはそのまま腹のなかで腐らせて、だれにも知られちゃいけないよ」

普普（プープー）も慌てて口を挟む。「お父さんがやさしくなくても、なにがあったにしてもお父さんなんだから、許してあげてよ」

朱朝陽（ジューチャオヤン）は険のある目で普普（プープー）を見た。「今日はなにがあっても味方でいるって、約束したよね」

「うん、でも……」普普（プープー）は眉をひそめ、はじめておびえた表情になる。「朝陽（チャオヤン）お兄ちゃん、そんなことしたら、あとできっと後悔するよ」

朱朝陽（ジューチャオヤン）は興奮してわめく。「後悔なんかしないよ、ぜったいに後悔はしない！」

それを見つめながら張東昇（ジャンドンション）は、こいつはたがが外れてしまったんだろうと考えていた。

普普（プープー）はなおもなだめようとする。「お母さんもきっとそんなこと見たくないって、賛成してくれないよ」

「母さんには永遠に言わない」

「でも捕まったらどうするの？」

張東昇（ジャンドンション）に視線が向く。「おじさんぐらいできる人が手伝ってくれたら、きっと証拠は残らないよね」

張東昇（ジャンドンション）は冷徹に首を振った。「そんなことに手は貸さない、なんと言われようと、いまきみがカメラを派出所に持っていこうと、きみがお父さんを殺す手助けはしないよ。いいかい、弱気になってるんじゃない、きみのことを考えてるんだ。お父さんを殺すなんてことをしでかしたら、かならず一生後悔する。自分で手を下すにしても、だれかに頼んで殺してもらうにしても、きみのためにはならない、悪い結果にしかならないよ、一生をだめにするんだ。真剣に言っておかなきゃならないが、今日の話は、ぼくも普普（プープー）もほかのだれかには話さない。きみもぜんぶ忘れないといけないよ、でないと心理的にとてつもない負担になって、一生心に傷が残る、わかってくれるか?」

朱朝陽（ジューチャオヤン）は硬い顔の張東昇（ジャンドンション）を見つめ、断固として反対する普普（プープー）に目をやって、鼻を鳴らすと、立ちあがりそのまま玄関を開けて出ていった。

「おい、待ってくれ」張東昇（ジャンドンション）が呼びとめるが、反応する気配もなく階段を駆けおりていく。

普普（プープー）が追いかけようとしたところに、張東昇（ジャンドンション）が慌てて声をかけた。「かならず落ちつかせてくれ、ぜったいにばかなことをさせちゃいけない」

「わかってる」

走って追いかけようとすると、また張東昇（ジャンドンション）がそれを引きとめ、ためらってから言った。

「まさか、カメラを……」

普普(プープー)はそれに答える。「しないよ、最後にはあんたに金を払わせるんだから。むしゃくしゃしてるだけだから、あたしが落ちつかせにいく。かならず落ちついてもらうから、安心して」

「ああ、急いで行きなさい」

普普(プープー)を送り出した張東昇(ジャンドンション)は、心中穏やかではなかった。朱朝陽(ジューチャオヤン)が一時の衝動でいますぐカメラを派出所に持っていくのではないかと心配だったが、よく考えてみればそんなはずはなかった。すぐに派出所に渡して自分を破滅させたところで、朱朝陽(ジューチャオヤン)にとってもいいことはないし、金だって受けとれない。ただあの歳の子供は、衝動に襲われて利害を放り出すことはないとも言いきれなかった。

窓辺に向かうと、普普(プープー)が朱朝陽(ジューチャオヤン)に追いつくのが見えた。二人は立ったまましばらく話していたが、朱朝陽(ジューチャオヤン)の顔にふたたび笑顔が戻ってきて、ようやくこちらは安心した。

どうやらあの三匹の餓鬼は早めに片づけないといけないらしい。万一手を出すまえに、あの無分別なまぬけどもがなにかしでかして警察に引っぱっていかれたら、こっちも巻きぞえでおしまいだ。

ただ三人はひどく用心深いらしく、いつまで経っても三人では来ない。やつらがカメラをどこに隠したかもわからないし、口を割らせることもできないというのはおそろしくやっかいだ。徐静(シュージン)の一家を殺したときとは段違いにやっかいだった。

第十五章　親友

54

階段を駆けおりた朱朝陽（ジューチャオヤン）はいっきに数十メートル走りぬけ、一本の木にもたれてぜいぜいとあえいだ。

頭上から真夏の灼けるような日差しがじわじわと熱波を送ってきて、息がつまりそうに感じ、身体が破裂しそうだった。木の幹に全力で拳を叩きつけ、ゆっくりと頭をあずけた。

「ごめんなさい」静かな声が耳に届いた。

朱朝陽（ジューチャオヤン）が振り向くと、普普（プープー）がうつむき、口を引きむすんで謝っている。息を吸いこんで、遠慮なく言葉を浴びせた。「なんで味方になってくれなかったんだ？」

普普（プープー）は見つめかえし、また顔を下げた。「あんなこと、考えちゃいけないと思ったの」

「約束したよね、今日はぜったいにぼくの味方になって話してくれるって！」

「お父さんを殺すとか言い出すなんて、ぜんぜん思ってなかったからだよ。クソアマに仕返しするっていうなら賛成だけど、でも、いちおうはお父さんなんだよ」

冷たく返す。「もうぼくの父さんじゃないんだよ」

普普（プープー）は顔を上げて、まっすぐに目を見つめてきた。「自分でどう考えてたって、お父さんはいつまでもお父さんなの。ほんとに殺しちゃったら一生後悔するよ、一生自分のことが許せなくなるよ！」

「そんなはずないよ、あの人が死んだらぼくは嬉しい。一生嬉しく思うよ」

普普（プープー）は歯ぎしりし、突然声を張りあげた。「それは、ほんとにお父さんが死んでなんかないからだよ！」

朱朝陽（ジューチャオヤン）ははっとして、相手の表情を見た。目を充血させているが、涙は流れていない。突然、その肩を抱きしめたい衝動を感じた。

普普（プープー）は息を吸いこむと、また冷静な口調に戻った。「耗子（ハオズー）のこと、どう思ってる？」

「どうって？」

「毎日いつもへらへらしてるように見えるよね？」

「そうだね」

「じゃあ、夜によく悪い夢を見て、大声を上げて起きて、そのあと布団にもぐりこんでなにも言わなくなるのは知ってる？　自分では言わないけど、あたしはとっくに知ってるんだ――泣いてるんだよ」

朱朝陽(ジューチャオヤン)の顔色が変わる。

普普(プープー)はひどく真剣な顔でそれを見つめ、しばらく経ってため息をつくと、なんともいえない口調で話した。「あたしたちよりずっとましなのにさ、なんで三人目のあたしたちになろうとするの？」

「ぼくは……」急に喉が腫れあがって口がきけなくなったかのようだった。

「チビアマのときのあれは、はじめからあんなことを考えてたわけじゃぜんぜんなくて、事故だった。でもいまは、本気でこのことを考えてる、それが違うんだよ。もし捕まったら、お母さんは一人きりになるんだよ」

朱朝陽(ジューチャオヤン)は唾を飲みこんで、まだ踏んばろうとした。「でもあの女はぼくと母さんにあんなことをしたのに、父さんはあそこまでしてあいつを守ったんだ」

「お父さんは自分勝手な人だけど、それでもお父さんなんだよ」

「ふん」

普普(プープー)は口をゆがめる。「朝陽(チャオヤン)お兄ちゃんとお母さんがされたことは、ほんとうはチビアマのことでちゃらなんだよ。警察には捕まらなかったけど、クソアマから仕返しを受けたってこと。クソアマも警察に連れてかれたんだから、もうこれ以上騒ぎは起こさないって。お父さんがこれからどんなふうになったって、もうかまってもらえなくなったって、お母さんと二人で変わらないで暮らしていけるのに、なんで仕返ししないといけないの？　あんなに成績がいいんだから、きっと将来いい大学に行けるよ。いい仕事を見つけて、いっぱい、いっぱいお金を稼いで、お父さんよりもいっぱい稼いで、向こうがおじいちゃんになったらばりばりやってるのを見せて、優しくすればよかったって後悔させてやるんだよ。それがいちばんいいんじゃないの？」

朱朝陽（ジューチャオヤン）はうつむいて、静かにひとしきり考えこみ、長いため息をつくとどうにか笑いかけた。「ありがとう」

普普（プープー）は口をむすんでほほえむ。「わかってくれた？」

「もうすこし考えてみる」苦笑いを浮かべた。「ずっと日なたに立ってて暑くない？　なんでこっちに来ないの？」

普普（プープー）は顔をゆがめておどける。「さっき、取って食いそうな顔をしてたんだもん」

「でもだれが相手でも怖がらなかったのに、ぼくだけは怖かったの？」

普普（プープー）は顔を赤らめて、なにも言わなくなった。

「じゃあ、もう帰ろうか」

55

「えっ、朝陽が張おじさんから話を聞き出して、おやじとあのクソアマを殺そうとしてるって？」何度目かでやっと真面目な話だと理解した丁浩はゲームを終了させて、向きなおると普普が朝のことを話すのに真剣に耳を傾けはじめた。

「そうだよ」普普がうなずく。「たぶんクソアマにさんざん嫌がらせされて、ほんとに頭にきたんだと思う」

「でもさ、なにがあったって、自分のおやじを殺すなんて考えちゃいけないよな」

「そう、あたしもそう思う」

「説得したのか？」

「言ったよ、とりあえずわかってくれた、でもまだ完全には目が覚めてないと思う」

「ああ……」顔をしかめて考える。「午後に、いっしょに話をしに行こうぜ」

普普がばかにするような目で見る。「やっとゲームをやめられたんだ？」

丁浩が弁解する。「たまに遊んでるだけだって、兄弟が大変なことになってるんだから、行ってやる気にもなるだろ」

普普(プープー)は冷たく返す。「耗子(ハオズー)はあいつのこと、もうちょっと警戒したほうがいいと思うよ。まだ取引は済んでないんだから、張(ジャン)おじさんなんて気安く呼ばないでよ、ほんとのおじさんみたいに聞こえる」

丁浩(ディンハオ)は口をゆがめた。「おれたちが思ってたほど悪い人じゃないと思うんだよな、おれにパソコンをくれて、おまえに本を買ってくれて。やっぱり先生だから、おれたちにめちゃくちゃ親切にしてくれるんだよ」

白い目を向ける。「金で気を引こうとしてるんだって」

「そんなことしても意味ないだろ、カメラの値段を下げてくれとも言われてないし」

「なんでもいいから用心してよ、あいつはほんとは卑怯なんだって、朝陽(チャオヤン)お兄ちゃんが言ってた」

丁浩(ディンハオ)は首を振る。「そこまでじゃないだろ」

真剣に言いきかせる。「とにかく気をつけて、あたしたち三人のことはどんなことでも、ぜったいにあいつに漏らしちゃだめ、でないとカメラを警察に持ってけないのが知られて、そうしたら主導権はぜんぶ向こうに渡っちゃうんだから」

丁浩(ディンハオ)は手を振った。「安心しろよ、そこのけじめはつけるって、おれはおまえの兄貴分なんだぞ、人生経験だって比べものにならないんだからさ、へへっ」

普普（プープー）はあきれたように口をゆがめた。

二人がひととおり支度をして、外に食事をしにいこうと思ったところで、外からノックの音が聞こえた。

ドアののぞき穴に普普（プープー）が張りついてうかがうと、あの男が立っていた。すこし考えたあと、ドアを開けて招きいれる。

張東昇（ジャンドンション）は片方の手にファミリーバーレルを、もう片方の手にコーラのボトルを何本か持っていた。持ってきたものをテーブルに置くと言う。「きみたち、食事はまだだろう、これを買ってきたよ。ついでに冷えたコーラも持ってきたんだ、暑気払いにいいだろう」

丁浩（ディンハオ）はたちまち目を輝かせる。「うわあ、ははっ。張（ジャン）おじさん、ありがとう」

張東昇（ジャンドンション）は笑って応える。普普（プープー）に目を向けると、持ってきた食べ物にもまったく心を動かされた気配はなく、我関せずの様子でテーブルのそばにたたずんでいる。これまで数度来たときとまったく同じだった。

丁浩（ディンハオ）のやつはとんでもなく御しやすい。ゲームが好きだと知ってパソコンを持ってきてからは、ずっと〝張（ジャン）おじさん〟と呼ばれている。ただしこの餓鬼も頭は回るらしく、食べさせて飲ませて遊ばせても、こちらが三人の素性について探りを入れてみると白々しくとぼけはじめる。

普普(プープー)のほうは煮ても焼いても食えない様子で、なにか買ってきたときもせいぜい一言礼を言うぐらいでそのほかはほぼ口をきかず、ずいぶん警戒心が強かった。

もともと二人に住む家を差し出したのは、一つはもし自分たちで家を探しはじめて、万が一なにかあったら——たとえば子供二人だけで家(いえ)探しをしているのを見た大家が警察に知らせた場合、対処が難しいからだった。もう一つはそのとき、家に監視カメラや録音装置を取りつけて、三匹の餓鬼の詳しい事情を知ろうと考えていたからだ。しかしこうして警戒心の強い普普(プープー)の姿を見たせいで、それどころか一度外出しているすきに忍びこんでカメラを探したところ、クローゼットに糸が挟んであるのに気づき、こいつらがひどく用心深いことを察して断念するしかなくなったのだった。

「普普(プープー)、きみも食べなさい、遠慮はいらないよ」むさぼり食っている丁浩(ディンハオ)の姿を見ながら笑顔を浮かべ、普普(プープー)に声をかけた。

丁浩(ディンハオ)も言う。「そうだぞ、普普(プープー)、おまえも食べろよ、パンは消化がいいんだから」

普普(プープー)は無表情な顔で張東昇(ジャンドンション)を見た。「おじさん、朝陽(チャオヤン)お兄ちゃんのことで来たの？」

言葉に詰まる。口を開くなりこちらの考えを見ぬかれて、認めるしかなかった。「ああ……朝陽(チャオヤン)の家で、なにかあったのか？」

「なにも」

「でも、父親を殺すことまで考えてたんだぞ」

「あのときだけの勢いで、もうおさまったから」

張東昇（ジャンドンシヨン）はしかたなく笑った。「ああ、それならよかった、まだ思想教育をしておいてくれよ、また悩んでいるようだったらぼくのところに来させなさい、これでも教師だからね、道を示すのは仕事のうちだ」

「わかった」

普普（プープー）がこれまで同様に固く口を閉ざしているのを見て、張東昇（ジャンドンシヨン）は内心いらだったが、それでも顔には笑顔を貼りつけ、数百元の生活費を渡してアパートを出ていった。

56

午後、普普（プープー）と丁浩（ディンハオ）は連れだって新華（シンホワ）書店まで朱朝陽（ジューチャオヤン）に会いにいった。

顔を合わせるとすぐ、丁浩（ディンハオ）は親しげに肩に手を回し、隅に連れていって肩を叩いた。

「おい兄弟、普普（プープー）から話は聞いてるよ。おまえも無鉄砲すぎるって、なんでそんなおっかないことが頭に浮かんでくるんだよ。どう転んでも、おまえには家があるし、母ちゃんがいるんだよ、あんなこと、もう考えたらだめだからな」

普普(プープー)も言う。「そうだよ、お父さんとお母さんは離婚したけれど、二人とも元気なんだから。二人とも死んじゃったときの気分なんか、感じたことがないんだもん」

丁浩(ディンハオ)が続ける。「普普(プープー)が言ってるとおりだと思うよ、クソアマは人に頼んでくそをぶっかけてきて、これでチビアマを突き落としたのもちゃらってことだろ、一回我慢してみたらどうだよ。もっかいやってきたら、もっかい通報すれば、警察だってしばらく牢屋に入れとくはずだろ。おやじのほうだけど、クソアマを守りたがるなら好きにさせとけ、おまえには母ちゃんがいるんじゃないのか？　おれの考えじゃ、おやじがクソアマを守ってるのは今だけで、そのうちおまえのほうを見るようになるよ。ほら、結局は自分の息子なわけだろ、おまえしか息子はいないんだ。まえにほったらかしにされてたのはおやじがクソアマの顔色をうかがって、それにチビアマがいたからそっちばっかりえこひいきしてたんだ。いまじゃあ、残ってるのはおまえ一人になって、そのうち改心しておまえをかわいがりに戻ってくるよ。たぶんもうちょっとしたら、こっそり連絡を取ってきて、金もくれるぞ。きっとまえよりたっぷりな」

朱朝陽(ジューチャオヤン)は鼻を鳴らした。「最近はもう、電話もくれないけど」

普普が言う。「それは電話をかけるのが気まずいからだよ、こんなに続けていろいろ起きたあとで、電話をかけたとしてどんな話をすればいいの？　待ってればいいの、もうちょっと経ったらね、そのころにはきっとクソアマに気づかれないように、こっそり連絡を取ってきてお金をくれるって」

丁浩が言う。「そうだぞ、あんなことを考えてたなんてぜったいほかのやつに知られちゃだめだからな、万が一おやじの耳に入ったら、それこそもう連絡が来なくなるって」

朱朝陽は深く息を吸いこんだ。

普普が真剣な顔で見つめ、口を引きむすんだ。「あたしが味方になってくれないって言ってたけど、ほんとはずっと味方でいたんだから」

朱朝陽は顔を上げ、その目を数秒見つめかえして、丁浩に顔を向ける。胸には温かいものがこみあげていた。学校では友達らしい相手はいなかったのが、こうしていまは幸運にも二人の友達がいる。

朱朝陽はため息をついてなにも言わずにうなずくと、小さい声で言った。「二人とも、ありがとう」

丁浩が笑い声を上げる。「礼なんかいらないよ、おれたちは兄弟分だろ、な」

「うん、そうだ、兄弟」力強くうなずいた。

三人はいっしょになって笑いだす。

第十六章　説得

57

三人は四時まで本屋で過ごし、外で食事をしたあと別れて帰った。

王瑤（ワンヤオ）がさんざん騒ぎを起こしたせいで、すこしまえまで周春紅（ジョウチュンホン）も何日か休みを取って子供の面倒を見ていて、その分の穴埋めにここ数日は続けて出勤している。

家に帰ってくると朱朝陽（ジューチャオヤン）はぽつんと一人きりで、急にわびしさに襲われた。二人の親友とは、いつどんなときでもいっしょに過ごしていたいと心から思った。

孤独な時間に寄り添ってくれるのは数学オリンピックの問題だけだ。問題集を手に取って、自分がいつも書くようにしている、表紙の文字を見つめる。〝大きな苦労をしてこそ人の上に立てる〟。笑ってページをめくり、数学の世界に真剣に没頭しはじめた。

そのまましばらく経って、電話が鳴った。受話器を取るとよく知った、ただし距離を感じる声が聞こえてきた。「朝陽（チャオヤン）、母さんは家にいるか？」

父親の声を耳にした朱朝陽（ジューチャオヤン）ははっとして、それから冷静に答えた。「いないよ、仕事に行ってる」

「ああ、じゃあ下りてきてくれ。下で待ってるよ、話がしたくてね」

「うん」返事をすると、なんの話をしに来たのかはわからないまま、ひととおり心を落ちつけたあと階下に向かった。

階段を下りたあたりに、朱永平（ジューヨンピン）は真面目くさった顔で立っていて、乗っているベンツは道路の向かいの離れたところに停まっていた。

息子に気づくと手招きしてくる。

朱朝陽（ジューチャオヤン）は相手のまえ、三メートルのところまで来て足を止め、それより先には進まなかった。

息子が無表情でいるのを見て、朱永平（ジューヨンピン）は眉をひそめ、歩いてきて息子の肩に手を回そうとしたが、その手は途中で止まった。父子のあいだを、形のないよそよそしさと気まずさがへだてているようだった。

朱永平（ジューヨンピン）は咳ばらいする。「やあ、最近、元気にしてたか？」

朱朝陽（ジューチャオヤン）はうなずく。「それなりに」

ため息をついた朱永平（ジューヨンピン）は、しばらく黙ってまた口を開いた。「このまえのおばさんの件、びっくりしただろ？」

なにも答えない。

朱永平（ジューヨンピン）は声を抑えて話しだした。「いままで父さんはおまえにあんまりかまってこなかった。謝るから、父さんを責めないでくれ。おまえを気にかけてなかったわけじゃない、二つの家庭があったら、ちょっと思うようにいかないときだってあるんだ、おまえも大きくなったらわかるようになるよ。このまえ、おばさんはあんな騒ぎを起こして、おまえのばあちゃんとも言いあいになったんだ、そうだな……これからなにかあったらばあちゃんに言うといい、おれに電話をかけてくれるから。方建平（ファンジエンピン）から聞いたが、もう何日かしたら補習があるのか？」

朱朝陽（ジューチャオヤン）は口を引きむすび、答えた。「つぎの学期はもう中学三年だから、夏休みのあいだに勉強したことが頭から抜けちゃいけないって、八月十二日から二週間、補習があるんだ」

「ああ、中学三年だな、大事なときだ」道の向かいのベンツに目をやって、また向きなおると息子の肩に腕を回し、ポケットから札の束を出して手に押しつけてきた。「五千ある、つぎの学期の授業料だ、これからおまえと母さんが金に困ることがあったらばあちゃんに伝えなさい、父さんが金を渡すと言付けておくから」

朱朝陽（ジューチャオヤン）はうなずく。父親の言葉が、胸のなかにじわじわとさざ波を立てていた。たぶん、耗子（ハオズー）と普普（プープー）が言ったのが正しかったんだ。しばらくしたら父さんは気にかけてくれる。

たちまち、どうして父親を殺すなどと恐ろしいことを考えたのか後悔が芽生えてきた。報復の感情はみるまにのこらず消え去っていく。

朱永平（ジューヨンピン）が言う。「じいちゃんはあと何カ月ってところらしい、算命（さんめい）でも来年まで生きられないと出たんだ。夏休みに時間があったら、また会いにいってくれ」

言われるままにうなずく。「すぐに行ってくるよ」

そのとき朱永平（ジューヨンピン）の携帯が鳴った。息子の肩から手を離し、背を向けて数歩歩き、電話に出る。数言聞いたら通話を切ってしまい、携帯をひねくりながら、笑って戻ってきた。

「セールスの電話ばっかりだ」

すると朱永平（ジューヨンピン）は眉をしかめはじめ、息子をしばらく眺めてから言った。「おまえ、父さんから訊きたいことがあるんだ。変なことを訊いても怒らないでくれよ」

朱朝陽（ジューチャオヤン）はうなずく。「うん」

「ええとな……」しばし逡巡したあと、ひどく苦しげに口を開く。「あの日少年宮（シャオニエンゴン）で、おまえは妹を尾けてたのか?」

とたんに朱朝陽(ジューチャオヤン)は目を見開き、父親を見かえしながら尖った声で言った。「違うよ! 父さんまで信じてくれないの?」

慌てて答える。「そんなことはない、おまえが違うって言うならそうなんだろう。おれはてっきり、おまえが妹のあとを付いていってたなら、警察になにか手がかりを伝えられて、おまえの妹を殺した犯人が早く捕まるかもしれないと思ったんだ」

首を振る。「ほんとに知らないんだよ」

「ああ……」ふたたびしばらくためらって、口ごもりながら言う。「あの日……おばさんがおまえと話をしにこの家に来た日だよ、あいつの話だと……顔を合わせるなりおまえは逃げだしたって言うんだ、やけにびくびくしてたって。ごほん、その……どうしてだったんだ?」

とびきり決然とした目で父親を見つめる。「逃げてない、びくびくなんかしてない。少年宮にはしょっちゅう本を読みに行ってるんだよ、学校の子たちが証言してくれる。おまわりさんだって調べてくれて、向こうもわかってるんだよ、警察も濡れ衣だって言ってくれたんだ!」

朱永平(ジューヨンピン)はあたふたと答える。「ああそうだろう、訊いたのに深い意味はないんだ、気にしないでくれ。おまえの妹は結局、おれの娘なんだ、おれだって犯人を捕まえてやりたいんだよ、あんまり気にするな、いいか？」

朱朝陽は無表情のままうなずいた。

朱永平はしばらく視線を息子に向けたあと、その肩を叩いた。「さて、もう戻りなさい、父さんも帰るから」

そう言って背を向け歩きだし、朱朝陽のほうは立ちつくしてぼうっとその姿を見つめていた。

ところが、朱永平が歩きだして数歩もしないうち、道路の向かいに停まっていたベンツの後部座席のドアが開き、王瑶が飛び出してきて朱永平に問いただした。「あの畜生、白状したの？」

すぐに朱永平は声を抑える。「帰ってから話す！」

「ねえ、白状したの？」

「帰ってからだ！」

王瑶は朱永平の手から携帯をもぎ取り、朱永平は取りかえそうとしたが、背を向けて守りながら王瑶が携帯をいくつか操作すると、音声が流れはじめた。「おまえ、父さんから訊きたいことがあるんだ。変なことを訊いても怒らないでくれよ」「うん」「ええとな…

…あの日少年宮で――」

そこで朱永平は王瑤の首根っこをつかむと、携帯を引ったくって、一瞥もせずに思いきり遠くに放り投げた。

ばん、と携帯は路上を何度か跳ねて、縁石にぶつかって止まった。

王瑤が怒りにわめく。「頭がどうかしちゃったの！」拾おうと駆け出していくのを朱永平はむりやり引きとめ、どなりつけた。「朝陽には関係ないんだ、もうこの件で騒ぎたてるな！」

朱朝陽は立ちつくして、ぼうっとこの光景を見つめていた。

王瑤が金切り声を上げる。「あの畜生、白状したの？　あいつは認めたの？　さっき、見てないと思っただろうけど、こっそり金を渡してなかった？」振りかえって、凶暴な目つきで朱朝陽をにらみつける。「言いなさいよ、認めなさいよ。お金が大好きなんじゃないの、白状してくれたら、金なんか欲しいだけくれてやる。この畜生が」

両の肩を朱永平に押さえつけられながらしゃにむに身体をよじって、バッグから札束を一つかみ出してきて、力いっぱい朱朝陽の顔に叩きつけた。「あげる、ほらあげるから、白状してよ、白状しなさいよ！　自分で殺したの、だれかにやらせたの、ねえ、どっちなの！　人を雇って毎日あとを尾けてやる、人殺しの証拠をつかんで、あんたの仲間も探し出してやるから。白状しないならいい、だれか雇ってあんたを殺してやる、ぶっ殺してやるからね！」ヒステリックに泣きわめき、近くの通行人たちもみななにごとかと寄ってきた。

札束を音を立てて顔に叩きつけられ、朱朝陽（ジューチャオヤン）は痛みを感じたが、しかし身じろぎもせずにじっとその場に立ちつくしていた。

すると朱永平（ジューヨンピン）が王瑶（ワンヤオ）を引っぱりよせて顔を張りとばし、どなりつけた。「いつまでがたがた言うつもりだ！　もうたくさんなんだ！　娘が死んだだけだ、この世の終わりってわけじゃない、おまえはまだまだ若いんだから、もう一人産めばいいだろうが、行くぞ！　帰るぞ！　とっとと付いてこい！」

王瑶（ワンヤオ）は抱きかかえられて向こうに引きずっていかれるが、わあわあと泣きわめきながら口ではなおも悪罵（あくば）を吐いていた。「この畜生、得意がるんじゃないよ、そのうち始末してやるから！」

朱朝陽（ジューチャオヤン）は立ちつくして、朱永平（ジューヨンピン）が王瑶（ワンヤオ）を連れていくのを黙って見つめていた。車に乗りこみ、走りだすまで、朱永平（ジューヨンピン）は一度も目を向けてこなかった。

たちまち見ていた人々は大騒ぎになり、風にあおられる金を拾いはじめている人間もいた。

朱朝陽(ジューチャオヤン)は急に大声を張りあげた。「拾うな、ぼくの金だ！」狂ったように地面の金をかき集め、そして狂ったように家に駆けていった。出てきたばかりのときはまだ空が明るかったのが、いまでは暗くなっている。

建物のまえまで来て足を止め、顔を上げて空を見た。これはきっと、最悪の夏休みだ。

空はどこまでも暗く曇っていた。

58

「普普(プープー)、読みおわったよ」最後の一ページをめくって、朱朝陽(ジューチャオヤン)は本を閉じた。表紙には『クラバート』と書いてある。

「どう、面白かった？」期待するように普普(プープー)が訊く。

微笑みながらうなずいた。「うん、薦めてくれたこの本、すごく面白かったよ。読み物の本は初めて読んだけど、すぐに引きこまれた」

普普(プープー)はどこか遠いところをぼんやりと見つめて言った。「ほんとにこういう水車場がこの世にあったらいいのに」

「でも水車場の子供は、毎年一人ずつ師匠に殺されるんだよ」

普普（プープー）は静かに笑った。「外の世界にいたって死んじゃうかもしれないんだよ。水車場ではいちおう、毎年その日が来るまではすごく気楽な生活ができて、なんでも好きにしてられるじゃない」苦笑いを浮かべて、口を引きむすんだ。「でもこれは、ドイツのおとぎ話なんだね」まるで中国のおとぎ話だったなら、この世にほんとうに自分のあこがれる〝水車場〟があるとでもいうようだった。

朱朝陽（ジューチャオヤン）はため息をつく。「そうだね、だれだって好き勝手には暮らせないから。だれだってやっかいごとを山ほど抱えてる」

二人はため息をついて何度か首を振り、そして示しあわせたようにお互いのことを見て、同時に笑いだした。しかし朱朝陽（ジューチャオヤン）は笑いおわったとたん、渋い顔になっていた。

「どうしたの？」普普（プープー）が気づかって訊く。

うつむいた朱朝陽（ジューチャオヤン）はしばらく黙りこんだあと、静かな声で言った。「これは段違いのやっかいごとかもしれない」

「またなにかあったの？」

「父さんまで、ぼくがチビアマを殺したんじゃないかって疑ってる」

「ええっ？」

「昨日父さんが、うちの下まで会いにきたんだ。下りていったら、最初はさも申しわけなさそうに謝ってきて、わざとらしく金まで渡してきた。そしたら父さんに電話がかかってきて、ほんのすこしだけ話を聞いてなにも言わないで切ったんだ。セールスの電話だって言われた。それから、急にぼくにチビアマのことを訊いてきて、あの日少年宮に行ったのは、あいつのあとを尾けてたんじゃないのかって質問されたんだ」

「なんて答えたの？」

「違うって言った」

「信じてくれた？」

「信じてないと思う、だってそのつぎは、クソアマのほうがうちに押しかけてきたとき、なんでそれを見てすぐ逃げ出したんだって、後ろめたいことがあるんじゃないかって訊いてきたんだから」

普普（プープー）はそわそわしながら訊く。「どうやって答えたの」

「違うって言ったよ、ぼくは関わってない、警察も調べたけど関係はなかったって」

「それだったら信じてくれるよね？」

首を振る。「まだ疑ってたと思う。それでまたすこししゃべって、父さんは向こうに歩いていったけど、道の向かいからクソアマが飛び出してきて、朱朝陽（ジューチャオヤン）は白状したのかって訊いて携帯を引ったくった」

普普（プープー）はけげんそうだ。「なんでそいつ、お父さんの携帯を取りあげたの？」

暗い顔をしてうつむく。「あのときはぼくも不思議に思ったけど、すぐにわかったよ。あいつが携帯をいじったら、父さんとぼくの話の録音が流れてきたんだ」

普普（プープー）は眉をひそめて、数秒後にゆっくりと目を見開き、話を理解した。「お父さんは話を引き出そうとしてて、録音もしてたんだ？」

「そう、あのときかかってきた電話はたぶんクソアマからで、録音するように催促してたんだ。ぼくが油断してたら――なにか言ってたら、向こうは証拠を握って、警察を呼んでぼくを連れていかせたんだよ」

普普（プープー）は歯を食いしばる。「お父さんに警察に連れてかれそうになってたんだ？」

朱朝陽（ジューチャオヤン）はため息をつく。「このあとがもっとひどいんだよ、帰っていくまえにあいつ、ぼくが殺したか、ぼくがだれかに殺させたか、とにかくぼくが関わってるにちがいないって言ってさ、ぜったいに毎日ぼくのあとを尾けて調べあげて、ぜったいに殺人の証拠を見つけて、仲間も見つけだして、ぜったいにぶっ殺してやるって言われたんだ」

普普（プープー）が冷たく言う。「あのクソアマ、本気で最悪！」

「警察が最初にぼくの指紋と血を採っていって、それから訪ねてこないんだから、きっとぼくの疑いは晴れたと思うんだ。警察が見つけた証拠は、たぶん耗子（ハオズー）のなんだよ」

　普普（プープー）はうなずく。

「警察は、ぼくに二人友達がいるのを知らない。でももしあの女に知られたら、向こうは金を持ってるんだ、人を雇って調べさせて、ぼくのことも尾行させるよ。もし二人の存在を知られたら、そのときはぼくら三人、どうあがいてもおしまいなんだ」

　普普（プープー）は言葉を失い、そして顔からしだいにあらゆる色が失われていき、あたかも暗闇を塗りこめたようになった。うつむいて、弱々しい声で言う。「それってつまり……あたしと耗子（ハオズー）はここを離れて、連絡を取らないようにするってこと？　うん……そしたら……そしたらだれにも、ぜったいに気づかれない」

「違う」朱朝陽（ジューチャオヤン）は決然と首を振った。「二人はだれより大事なぼくの友達なんだ、ぼくの友達は二人だけなんだよ。なにが起こったって、ぼくたちはいちばんの親友なんだから、いなくなるのはいやだ。出ていくのはいやだ。もし二人が出ていったら、またぼくは一人きりになって、一人の友達もいなくなるんだよ。ぼくはだれと話せばいいんだろう？　もうそんな日々は過ごしたくない。だからどうにかして、ここに残ってほしいんだ、いい？」

　拒むことなどできそうにないその表情を見つめ、普普（プープー）は長い沈黙を経てゆっくりとうなずいたあと、眉をひそめた。「あたしだってずっとこのまま、いっしょに本を読んでたい。でもそうしたらいつか、あのクソアマがあたしと耗子のことを見つけるよ、そしたらみんな……」

「だから、いまのうちにどうにかして、すべてを変えないといけないんだ」

「それは……どうすればいいの？」

朱朝陽は笑い、こともなげに一言口にした。「父さんとあの女を消すんだよ」

「えっ！」言いはなった朱朝陽の表情を見て、普普は寒気に襲われた。目のまえにいる朱朝陽がなじみのない、会ったことのない相手のように見える。まえに父親を殺すと言ったときはこんな表情ではなく、憤怒と激情のほうが目立っていたのに今日は――違うように見える。

「どう思う？」その声は冷静だったが、普普はなにか恐ろしいものを聞いているような錯覚を抱いた。

普普はぶんぶんと首を振る。「だめだよ、朝陽お兄ちゃん、お父さんがなにをしたとしても――恨むのも、責めるのもいいよ、大きくなったら仕返しする決心をしたっていい、でも殺すなんて考えちゃいけないよ、ぜったいにだめ！」

朱朝陽は視線を返しながら、口の端をあげてうすく微笑んだ。「ぼくのためを思ってくれてるのはわかるよ、あとになって思いかえして、心がもたなくなるんじゃないかって。でも、ぼくのことをわかってない」

普普（プープー）は食いさがる。「わかってるよ」

朱 朝陽（ジューチャオヤン）は息を吸いこみ、苦笑いを浮かべる。そしてふいに話題を変えた。「そうだ、会ってからずいぶん経つけど、本名はなんていうのか知らないよね」

突然思いがけないことを訊かれ、うっすらと困惑した目で見かえしながらも質問には答えた。「夏月普（シャーユエプー）だよ」

「そうか、どうやって書くの？」

「季節の夏に、お月さまの月に、普通の普」

「夏月普（シャーユエプー）」朱 朝陽（ジューチャオヤン）はうなずき、笑みを浮かべた。「きれいな名前だね、だれが付けてくれたの？」

どこか得意げに笑って返す。「お父さんが考えたんだ。あたしが生まれた日はちょうど夏の、夜十時過ぎで、その日は月が普（あまね）くあたりを照らしてた。お父さんの名字は夏（シャー）だったから、あたしは夏月普（シャーユエプー）になったの」

「そうか、じゃあこれからは月普（ユエプー）って呼ぶよ。もう普普（プープー）なんて呼ばない」

「えっ、なんで？」

「〝普普（プープー）〟は名前じゃないだろ、ばかにしてくるあだ名だよ。もう孤児院にいるわけじゃないんだから、そのあだ名とはすっぱりお別れしないと。耗子（ハオズー）に言っておくよ、これからぼくたちは普普（プープー）って呼んじゃいけない、かならず月普（ユエプー）って呼ぶようにって」

そう聞いたとたん相手の顔に浮かぶ表情が微妙に変わり、わずかに目がうるみはじめたが、懸命に目をしばたいて笑みを見せた。「あだ名のこと、耗子（ハオズー）が言ったの？」

朱朝陽（ジューチャオヤン）はうなずいて認め、続けた。「これからぜったいに、どこよりもいい病院に連れていって、だれよりもいい医者を見つけて、その病気を治すよ。これからはご飯を食べるのもこそこそしなくたっていい、食べおわっても一人でどっかに行かなくていいから。ぼくはそれがどうとかちっとも思わないし、そっちだってもう気にしなくていいんだよ、いいかな？」

言われたほうは言葉に詰まり、数秒の沈黙のあと、固く口をむすんで笑みを浮かべた。そっぽを向いて、顔を上げて懸命に目をしばたき、手で何度か頬をぬぐってから、また正面を向いて朱朝陽（ジューチャオヤン）を見つめた。「うん、あたしの名前は夏月普（シャーユエプー）、もう普普（プープー）じゃない」

「月普（ユエプー）、お父さんの命日は今月だった？」

「そう」

「今月のいつ？」

「月末だけど」

すこし考えて言う。「ぼくは十二日から補習があるんだ、二週間授業があるから、あんまりゆっくり出歩けないかもしれないな。カメラにはあいつの映像が入ってるから、写真は店で現像するわけにはいかないし。ううん……じゃあ、いまから写真を撮りに写真館に連れていくよ、新しく何枚か撮るんだ。かならず笑って写りなよ、お父さんはきっと、楽しくしてるとこが見たいだろうから」

少女は口をむすんで笑った。「うん」

59

夕方、周春紅（ジョウチュンホン）は職場の景勝地区から戻り、怒気を帯びた顔で家に帰ってきた。息子をまえにして怒りの炎をおし隠し、気づかいながら尋ねる。「朝陽（チャオヤン）、昨日朱永平（ジューヨンピン）が会いにきたの？」

朱朝陽（ジューチャオヤン）は無表情のままうなずいた。「来たよ」

「なんの用で来たの？　あのアマも付いてきた？」

「近所の人に聞いたんだ？」

周春紅（ジョウチュンホン）は歯を食いしばりながらうなずいた。

朱朝陽（ジューチャオヤン）は、昨日朱永平（ジューヨンピン）と王瑶（ワンヤオ）がしたことを一から十まで、包みかくさずに話して聞かせた。

最後まで聞くと周春紅（ジョウチュンホン）はさらに憤った。「朱永平（ジューヨンピン）の畜生、息子のことまで疑うなんて！　しかも録音なんて小細工まで！　警察だって関わりないって言ってたのに、あの男……録音するためにやってくるなんて！」両目を血走らせ、ぜいぜいと喘ぐ。

朱朝陽（ジューチャオヤン）は急いで水を汲んできてやり、座らせるとその肩を叩いて、冷静な顔でなだめる言葉をかけた。「母さんまで怒らないでよ、大したことじゃないんだから」

顔を上げて息子の目を見ると、そこにはいままで見たことのないおとなびた雰囲気と、それに混じって奇妙なよそよそしさが読みとれ、かすかな違和感を覚えた。

しかし、その表情が顔に現れたのはほんの一瞬のことで、そのあと朱朝陽（ジューチャオヤン）は言った。

「母さん、ぼくはがんばって勉強して期待に応えるから、ぼくのことは心配しないで、ぼくのために怒らなくてもいいんだよ」

周春紅（ジョウチュンホン）の喉元が震えたが、泣きだすことはなく、深く息を吸いこんで、いたわりの目で息子を見た。「あんたも、よけいなことばっかり考えないでね」

「よけいなことは考えないよ、母さん、安心して」朱朝陽は笑いかけると、部屋に戻って現金の束を持ってきた。「父さんが昨日五千元くれたんだ、あの女のぶんは三千六百元ある、取っておいて。ほんとうは四千元はあったと思うけど、あいつが地面に捨てたから、近くにいた通りがかりの人たちに何百元も拾われてなくなったんだ」

周春紅は渡された金を力いっぱい握りつぶし、くやしそうに息子を見つめた。「朱永平の金を受けとるのは、恥じることもない、当然のことだけど。でもあの女が地面に捨てた金は、拾っちゃいけないんだから！」

「ぼくが拾わなかったら、たぶんほかの人たちが拾っていったよ」

「そんな金、燃やしたっていいから持ってきちゃいけないの！」

「どうして？」

息子を見つめる。しょせんはまだ中学生だ、世間のことがわからなくても責められない。ため息をついた。「これはあの女が地面に捨てた金、こっちをばかにする金なの。それを拾ったら、向こうより格下ってことになるんだから」

朱朝陽は気にした様子もなく笑った。「母さん、それは利口じゃないよ。金にあいつの名前が書いてあるわけでもないんだし、目のまえに落ちたのを拾わなかったら、自分のためにもならないよ」突然冷たい笑みを浮かべる。「この金どころじゃない、工場をまるごともらったって恥じることはないんだ。くれるぶんだけぼくは当然の顔で受けとるよ、恥じることじゃないんだから」

周春紅(ジョウチュンホン)はため息をついた。「朱永平(ジューヨンピン)はあの女とまた子供を作るって聞いたけど――そう、もし男の子供が生まれたらたぶん、朱永平(ジューヨンピン)の財産はなおさら入ってこなくなると思う」

朱朝陽(ジューチャオヤン)はどうでもいいというふうに答える。「もうすぐ中学三年だよ、四年したら大学に入って、そこから何年かしたら働いてお金を稼げるんだから、心配なんかしてない。ぼくもこれからは、自分から連絡を取ることはないし、おじいちゃんとおばあちゃんのところにも行かないよ」

意地を張る息子を複雑な目で見つめながら、周春紅(ジョウチュンホン)は口ぶりを和らげてさとした。

「朱永平(ジューヨンピン)の態度はひどいけど、おじいちゃんとおばあちゃんはよくしてくれたじゃない。もうすぐ補習が始まるんだって？　おじいちゃんは先週また救急で病院に運ばれたらしくて、たぶんもう長くないだろうから、いまのうちに一度会いに行ったほうがいいと思う。行ったところで、朱永平(ジューヨンピン)が至らない父親だって言われるだけで、こっちが常識知らずだとは思われないから」

朱朝陽(ジューチャオヤン)は考えたあと、うなずいておとなしく従った。

60

つぎの日の午後、書店で朱朝陽（ジューチャオヤン）を見つけるやいなや夏月普（シャーユエプー）は歩いてきて、抑えた声で言った。「耗子（ハオズー）が来てるよ、また話がしたいんだって」

あたりを見回して尋ねる。「あいつは？」

「昨日、クソアマとお父さんに疑われはじめたから、ぜったいに耗子（ハオズー）のことはやつらに知られちゃいけないって言ってたよね、だから、いちばん奥の本棚のところで待たせてる」

「耗子（ハオズー）は、チビアマの身体に自分の証拠を残したのは知ってたのか？」

首を振る。「昨日あたしが教えた」

「怖がってる？」

「たぶんちょっと怖がってると思う」

朱朝陽（ジューチャオヤン）はうなずいた。「最初は、むだに怖がらせてもいけないから教えないようにしようって話だったけれど、ここまできたら、状況の深刻さを教えたほうがいいな、そのほうが警戒心が強くなる。行こう、会いにいくよ」

二人は泥棒さながらにあたりを見まわすと、なにごともなかったかのようにいちばん奥の列の本棚に歩いていった。

丁浩（ディンハオ）は漫画を読んでいたが、二人に気づくとすぐに本を下ろし、真剣な表情になると近づいてきて小声で言った。「朝陽（チャオヤン）、おまえと話さなきゃいけないことがある」

「言ってみて」落ちついて視線を返した。

「昨日普普（プープー）が、おまえがまたあのことを考えてるって言ってた」

軽い調子で首を振った。「考えてるんじゃない、このまえは考えただけで、今度はもうやる決心をしたんだ」

「そんなことしてどうなるか、考えたのか？」

「どうもならないよ、十四歳未満は刑事責任を負わなくていいんだ」

「いや、そんな話はしてないんだって」丁浩（ディンハオ）は考えこみ、説得の言葉をひねりだそうとがんばる。「おまえが……おやじを殺すだろ、そんなことしたら結局、おまえは胸のなかでずっとこのことを背負っていくんだぞ」

朱朝陽（ジューチャオヤン）は静かに首を振った。「ぼくは違う」

「違わないって！」丁浩（ディンハオ）はその場のもう一人に視線を向けた。「普普（プープー）、そう思うよな？」

朱朝陽（ジューチャオヤン）がいきなり割ってはいった。「耗子（ハオズー）、これからは普普（プープー）って呼ぶなよ」

丁浩はけげんそうだ。「じゃあなんて呼ぶんだ？」

「夏月普って呼ぶんだよ」

「夏月普って、こいつの名前だろ、普普となにが違うんだ？　もう何年も呼んでるってのに」

「違うよ！　普普は孤児院でばかにして付けられたあだ名だよね、二人はもう孤児院を出て、これから帰ることもないんだから、この呼び名は忘れて、孤児院とは完全にお別れするんだよ」

当人の表情も変わり、丁浩に向かい言った。「耗子、これからは夏月普って呼んで」

丁浩はあきらめたように口をゆがめる。「わかったよ、でもこのあとも間違えるかもしれないぞ、これで慣れちまったんだから」

朱朝陽が言う。「ぼくが注意するよ」

丁浩は二人を眺め、突然へらへらと笑いだした。「二人とも、ずいぶん仲良くなったんだな」

夏月普は顔がぽっと赤くなり、口を引きむすんでにらみつける。「ばか、話をそらさないでよ、朝陽お兄ちゃんと話をしにきたんじゃないの？」

丁浩は心外だという顔になる。「でもさっきは朝陽のほうが話をそらしたんだろ、おまえの名前のことなんか言ってさ。なんでおれのほうを責めるんだよ」

「それは……」口をゆがめる。「いちばんおばかさんには違いないし」

「わかったよ」傷ついた様子で返す。「おれがいちばんのばかだよ、それでいいって、いつだっていちばん賢いのは朝陽(チャオヤン)だよな、これで満足だろ？」

朱朝陽(ジューチャオヤン)は慌ててなだめようとした。「そんな、耗子(ハオズー)はぜんぜんばかなんかじゃないし、すごく友達思いだしさ。今日来たのは、ぼくが例の考えをあきらめるように言いきかせにきたんだろ？」

「そうだよ、本気でもう間違ったことはさせないからな、自分のおやじを殺すやつなんてどこにもいないって。うっかり朱晶晶(ジュージンジン)を突き落としたのとは大違いなんだよ」

ため息をつく。「ぼくだって、自分のことしか考えてないわけじゃないんだ。月普(ユエプー)、『クラバート』の最後で、なんでクラバートは師匠を殺したかわかる？　師匠はよくしてくれて、自分を後継ぎに決めて、なにもかも残してくれる気だったのに」

「ああ……もし師匠を殺さなかったら、自分を殺してくることはないけど、ほかの弟子たちとか、自分が好きな女の子を殺すからだよね」

朱朝陽(ジューチャオヤン)は答える。「兄弟分たちと愛する女の子のために、そうしないといけなかったんだ。師匠のことは殺すしかなかった、ほかの選択肢はなかったんだよ」

まったくわけのわからないことを話している二人をまえに、丁浩（ディンハオ）は困惑して訊く。「朝陽（チャオヤン）、話をそらすなよ、こっちは真剣に話してるんだぞ」

朱朝陽（ジューチャオヤン）はため息をついた。「わかってる、でもいまの状況は、クソアマと父さんまでぼくを疑ってて、あの件にはぼくが絡んでる、ぼくがやったか、それともだれかにやらせたかだって言ってるんだ。もしあの女が人を雇って調べさせて、それがずっと続けば、いつかある日、ぼくの友達二人のことが知られる。そうなったらぼくが捕まるだけじゃなくて、二人にまで迷惑がかかるんだよ。この子は夏月普（シャーユエプー）、もう孤児院の普普（プープー）じゃないんだ。耗子（ハオズー）も、クソデブの院長になんか会いたくないだろ？　もしこの件がばれたら二人は孤児院に連れもどされるよ、そのあとどうなるか、考えただけで怖くなる」

夏月普（シャーユエプー）の顔が引きつる。

丁浩（ディンハオ）も悩ましげに眉をしかめた。「でもそうなると、おまえ……もしおまえがおやじを殺したら、おまえは……」

朱朝陽（ジューチャオヤン）がさえぎる。「ぼくはどうともならない、つらさなんかほんのちょっとも感じないよ。もうぼくに父さんはいない。ぼくにいるのは母さん一人と、いま話してる友達二人だけ、二人はだれよりも大事な友達だし、唯一の友達なんだよ」

そしてさらに続けた。「それに考えたんだ——もしクソアマと父さんがいなくなったら、相続法の決まりだと、夫婦の財産は半分ずつになって、半分はあの女の実家、半分はぼくと、おじいちゃんとおばあちゃんの三人のところに入ってくるんだ。あの人たちの孫はぼくだけで、ほかに後継ぎはいないから、その金は結局ぜんぶぼくのものになる。ぼくは金持ちになるんだよ、どうにかして二人に金を渡して、安定した暮らしでもう金の心配をしなくていいようにするから。あの人殺しは、手伝わせたらぼくの弱みを握ることになるから、もう三十万を渡してこなくてもしょうがない。耗子（ハオズー）はゲームが好きならいくらでもやってていいんだよ、そのうちぼくが大学を出て、一人で財産を動かせるようになったら、会社を興して耗子（ハオズー）に副社長になってもらえれば最高だよ」

「普普（プープー）、違う、月普（ユエプー）は社長夫人か？」

それを聞いた夏月普（シャーユエプー）に全力で腕をつねられ、慌てて詫びを入れる。

朱朝陽（ジューチャオヤン）も恥ずかしそうに笑いながら、それ以上は触れなかった。「それじゃあ、賛成してくれるんだね？」

冗談を言うのをやめ、丁浩（ディンハオ）がふたたび眉をしかめる。「やばい話すぎて、実行は無理な気がするんだよな」夏月普（シャーユエプー）に目を向ける。「どう思う？」

無表情のまましばらく黙っていたが、静かに口を開いた。「もしあの女があたしたちにたどりついたら、朝陽（チャオヤン）お兄ちゃんはおしまいで、あたしたちもおしまい。孤児院に送りかえされるけど、あたしは死んだって戻らない」

朱朝陽（ジューチャオヤン）に味方する意見に間違いないとわかると、丁浩（ディンハオ）はさんざん頭を絞ったあと言った。「クソアマだけいなくなればいいと思うぞ、おやじは結局おまえのおやじなわけだから」

朱朝陽（ジューチャオヤン）は首を振った。「あいつになにかあったら、父さんは百パーセントぼくを疑うはずだよ、二人とも一気にやるしかないんだ」

「でも二人とも一気にやったって、警察は疑ってくるんじゃないか？」

また首を振る。「大丈夫、二人が死ぬ日、ぼくは学校に行ってるから、警察はぼくの仕業だとは思わないよ。それにまだ子供なのに、人に命令して殺させたとも思わない」

丁浩（ディンハオ）は考えこみ、困惑して訊く。「学校に行く？　じゃあだれがやるんだよ」

「あの男だよ、あいつにやらせる。ぼくたち三人は子供で、大人二人を殺すのなんてどう考えても無理だけど、あいつはもう三人殺してるのに警察はぜんぜん捕まえられてないんだ。ほかのだれも知らないような殺人の方法をいっぱい知ってるはずだよ、きっとだれにも気づかれないようにやってくれるって」

「でも……でも、あいつはカメラのことで脅されて、しょうがなく金を払うはめになってるけど、さらに脅して人を殺させるなんて、やるって言うかな？」

朱朝陽（ジューチャオヤン）は冷たく言う。「やりたくなくてもやらせるよ」

「もし、やろうとしても無理だって言われたら？」

「方法ならぼくがもう考えてあるんだ。来週の水曜日はチビアマの誕生日で、今朝おばあちゃんの家に行ってきたら、父さんとあの女はその日に墓参りに行くって聞いたんだ。いまは真夏だから、墓参りはきっと朝早い、まだ涼しいときに合わせて行くはず。いまの季節、しかも朝早くに墓に行く人なんていないから、そこをあの男に襲わせたら、成功すると思うよ。うちの学校は来週から補習が始まるから、そのときぼくは授業に出てて、二人が死んでもぜんぜん関わりはないってことになる」

「そんな……」計画を語る朱朝陽（ジューチャオヤン）の顔を丁浩（ディンハオ）が見ると、その眉間には恐ろしく感じるほどの冷酷さがにじんでいた。

朱朝陽（ジューチャオヤン）は二人を見まわして言う。「あとやることは一つだけ、かならずあの男を説得しないと、脅さないといけない。あいつはきっと殺人の手伝いはいやがるから、そしたら二人はかならず、はっきり態度を固めてぼくの味方になるんだ。こっちが説得を聞きいれると思わせちゃいけない。それで、ぜったいに態度を曲げちゃいけない。協力しないといけなくなるまで追いこんで、もし話をのまなかったら、三十万を捨ててでもカメラを警察に渡すって脅してやるんだ！」

第十七章　脅迫

61

それからの数日、朱朝陽（ジューチャオヤン）と夏月普（シャーユエプー）はいままでと同じく毎日書店で顔を合わせ、過去と現在、将来のことをお互い語りあった。落ち着いた日々のように思え、二人はいつも笑っていたが、その落ち着きの裏からときおり焦燥感が顔をのぞかせることもあった。

いつあの男に会いにいくのかと夏月普（シャーユエプー）に訊かれ、朱朝陽（ジューチャオヤン）はできるだけ遅いほうがいい、遅くするほど向こうが対処法を考える時間が少なくなるから、そこでできるだけ強硬な態度で、選択肢がないところまで追いこむ、と答えた。

背水の陣というやつだ。

日曜日が来て、翌日からは朱朝陽（ジューチャオヤン）が学校の補習に行くことになる、最後の一日になった。

朱朝陽（ジューチャオヤン）は夏月普（シャーユエプー）と約束どおり盛世豪庭（ションシーアパートメント）の入口のまえで落ちあい、二人そろうと男の家のインターフォンを鳴らした。

張東昇（ジャンドンション）は二人をまえにして相も変わらず優しげな笑みを浮かべたが、今日の二人が重苦しい顔をしているのに気づいて、なにかふさぎこんでいるらしいとおぼろげに察し、探りを入れようと尋ねた。「どうしたんだ？　元気がなさそうじゃないか」

「元気がないんじゃない」朱朝陽（ジューチャオヤン）は無表情で言う。「今日は、最後から二つめの取り引きをしにきたんだ」

「最後から二つめ？」張東昇（ジャンドンション）は困惑する。

「そうだよ、最後の一回でカメラを返す。そのまえに、一つ手伝ってほしいことがあるんだ」

「ああ、なんだい？」

「人を二人、殺してほしい」

その言葉がこともなげに朱朝陽（ジューチャオヤン）の口から発せられたとき、張東昇（ジャンドンション）は髪の毛が逆立った。

「ま……まだそんなことを考えてたのか？」仰天したあと、慌てて丁重に言いきかせるような態度になる。「朝陽（チャオヤン）、ゆっくり話をしないといけないな、そんな考えは断じて持ったらいけないんだ、たとえ――」

朱朝陽(ジューチャオヤン)はそれをさえぎる。「おじさん、今日は説教を聞きにきたんじゃないんだよ、ぼくはもうしっかり考えてある、考えなおすことはないんだ。おじさんには――なんとしても――ぼくのために――二人を殺してもらう」

張東昇(ジャンドンション)は歯を食いしばり、鼻から深く息を吸いこんで、視線を夏月普(シャーユエプー)に向けると責めるような口ぶりで言った。「きみたちは忠告しなかったのか？　こんどはなにがあったんだ！」

夏月普(シャーユエプー)は身じろぎせず、表情も変えずにしばしたたずんでいたが、口を開く。「おじさん、この話にはかならず協力してもらうよ」

「なんだって」眉を持ちあげる。「きみまで父親殺しに賛成するのか？　朝陽(チャオヤン)のためにならないとわかってるのか」

言われたとたん、夏月普(シャーユエプー)はうつむく。

すかさず朱朝陽(ジューチャオヤン)が口を開く、「おじさん、二人をたきつけて説得させようだなんてもう思わないでよ。このことは三人で話しあって決まったんだ、変わることはないよ。だから、やる以外ないんだよ」

張東昇(ジャンドンション)がいきり立つ。「もうやめろ、子供が殺人をそそのかそうだなんて――そんなこと、できるはずがないだろう！」

「これまで三人殺してるんだから、もう二人殺したって同じだよ」朱朝陽の顔には残酷な冷ややかさがにじんでいる。

　そう言われた張東昇は尋常でない力で拳を握りしめ、燃えたぎるがごとき両目がまっすぐに朱朝陽を見すえていた。

　それを真っ向から見かえして、おそろしく冷静に続ける。「今日ここでぼくたち二人を殺そうとしてるのかな。でも耗子はここにはいなくて、外に残ってる。ぼくたちを殺して耗子を殺しにいくってのは無理だし、ぼくたち二人を動けなくして、耗子がどこにいるか問いつめようって考えてても無駄だよ。ぼくたちじゃなくてあんたが訪ねてきたら、ぼくたちは動けなくなってるってことだって話してあるから、付いてくることはないよ、耗子が行くのは警察だけ、なにもかも警察に話すんだからね」

　しばらく相手を見つめていた張東昇は、ふうと息をついて、眉をしかめた。「ぼくはもう殺人はしない。家族のことはやむを得なかったんだ、これから人を殺すことはないし、きみたちを傷つけることもない、きみたちのために人を傷つけることもしない」

「人を殺すのがいやだったら、三十万は取っておいてよ、ぼくたちはもういらないから。カメラは今日警察に持っていく。あの二人を殺してくれないっていうなら、どうせぼくもいまにおしまいなんだから」

「ええ？」張東昇（ジャンドンション）の目が軽く細められる。「きみもいまにおしまいっていうのは、どういうことなんだ」

「教えてあげるよ、どうして二人を殺さないといけないのか。ぼくの父さんはいま結婚してる女と子供を作ったんだけど、一カ月ぐらいまえ、その子供が少年宮（シャオニエンゴン）でだれかに突き落とされて死んで、そうしたらその日ちょうどぼくが少年宮で本を読んでたせいで、殺したのはぼくだってその女が言いだしたんだ。警察がうちに来て、この件にはぼくはなにひとつ絡んでないって証明してくれたけど、クソアマは信じなくて、何回も押しかけてきて、母さんのことも殴るし、果てには人を雇ってぼくと母さんにうんこをかけたり、玄関をペンキで汚させたりしたんだよ。だれかに命令してぼくをかならずぶっ殺してやる、四六時中困らせてやるってあいつはほざいたんだ。どう、あいつらが死ななかったら、ぼくの未来はあると思う？」

張東昇（ジャンドンション）はあごをなでる。朱朝陽（ジューチャオヤン）の家族の事情を知ったのはこれが初めてだった。しばらく考えて言う。「警察は関わってこないのか？」

「関わってくれたよ、何回も来てくれた。でもあいつは人に命令して手出ししてくるから、あいつを牢屋にぶちこむわけにもいかないんだ。だから一度といわず二度、二度といわず三度といやがらせしてくる」

「きみのお父さんは？」

朱朝陽（ジューチャオヤン）は鼻を鳴らした。「クソアマを守るだけだよ、ぼくがうんこをかけられて警察が調べに行ったときだって、あの女のことをかばって、隠れさせて、しかもぼくは、そのことはもうこれっきりにするって言わされたんだ」

「ああ……それはたしかにお父さんがいけない、だがいけないはいけないとして、それが理由で殺すなんて考えるのは許されないんだ。いいかい、世間では離婚した家庭はいくらでもある、離婚してから、前妻とそれまでの子供をほったらかしにする人間は山ほどいるし、完全につながりを絶つ人間だってたくさんいる、憎みだす手合いだってあるんだ。きみのお父さんは新しい家庭のほうに肩入れして、かばいだてするぐらいのものだろう、きみだってそんなことを考えちゃいけないんだよ」

朱朝陽（ジューチャオヤン）は冷たく返す。「じゃあ教えてよ、あの二人を殺す以外になにか、ぼくがこれからいやがらせを受けないで暮らす方法はある？　あの女がぼくをぶっ殺す決心をしたらどうする？」

「きみを脅しにかかってるだけさ、ありえないよ」

「向こうは金持ちだけど、うちの母さんは貧乏で、金なんか持ってない。ぜんぜん相手にならないんだよ。四六時中だれかが尾けてきて、うんこまみれにされるなんて、死ぬよりひどいことじゃない？」

「ああ……そういうことは警察に相談して、その場だけでも収めたほうがいいと思うけれど」

「言ったよね、警察は関わってこれないんだよ。あいつが人に命令してやらせたのに、あいつの仕業だって証拠があるわけでもない、あいつの命令だって突きとめられたとしても、せいぜい一、二日閉じこめて終わりで、ずっと牢屋に入れられるわけじゃない」

「うん……もしくはお父さんに会ってゆっくり話したらいいかもしれないな、結局、その人も旦那の言うことは聞くんだろう、我が子がきみに突き落とされたと考えていても、きみのお父さんなら信じないんだから、しっかり説得してもらいなさい」

「ははっ」朱朝陽（ジューチャオヤン）は笑いだす。「父さんだって、ぼくがその子供を殺したって信じてるんだよ」

張東昇（ジャンドンション）は言葉に詰まり、なんとも言えない目で相手を見つめる。

「だからね、おじさん、これはぼくにとって、金より大事なことなんだ。金はくれなくていい、二人を殺してくれたら、言ったとおりカメラは渡して、ぼくたちが見たことはきれいさっぱり忘れるよ。そうしないなら、カメラは今日ぜったいに警察に持っていく。考えてくれていいよ、でも最終期限は今日の昼までだからね」

口元がひくつく。「いまだけの出来心じゃないのか」

「いいや、ぼくはもう何週間も考えたんだ、出来心じゃない。やりたくないのはわかるよ、でもほかの選択肢はないんだって」有無を言わさぬ目つきを向けてくる。

張東昇(ジャンドンション)は歯を食いしばり、せせら笑った。「そうか、脅すにはおよばない、そんなことに手は貸さないからな。カメラは警察に渡して、ぼくを逮捕させればいいさ。こっちもきみがお父さんとその妻を殺そうとしてたと警察に話すが、そうしたら家族にどんな目で見られるかな？」

朱朝陽(ジューチャオヤン)は笑った。「望むところだよ、そう言ってほしかったんだ——口で殺人のことを言って、それが犯罪になる？　ふん、ほんとに人を殺したって、ぼくは十四歳未満なんだ、なにが起こるんだよ？　警察から父さんに、ぼくが二人を殺そうとしてたって伝わればいいんだ、怖がらせられてちょうどいいよ、それからはいやがらせなんかしてこないだろうね。とにかくぼくは、いまもうこんな立場まで落ちてるんだ、もう悪くなりようがないんだよ。でもあんたはいまいい暮らしをしてる——そこでカメラを警察が手に入れたら、ひどい人生になるんだからな！」

鼻を鳴らして返す。「いいさ、持っていくといい、ぼくはここで警察を待とう」

朱朝陽（ジューチャオヤン）は歯を食いしばる。「わかった、言ったことはやるからね」

背を向けて歩きだし、玄関を開けて、外に出ていく。

張東昇（ジャンドンション）は歯をぎりぎりと食いしばりながら、なんの表情も浮かべずにそれを眺めている。

夏月普（シャーユエプー）が冷たく言う。「おじさん、あれはほんとに行くよ、あたしにはわかる」

朱朝陽（ジューチャオヤン）が階段を下りていく足音が聞こえる。どんどん早足になっていくようだった。

張東昇（ジャンドンション）は眉間にしわを寄せながら立ちあがり、玄関に歩いていって、咳ばらいをして言った。「その……ちょっと戻ってこないか」

62

張東昇（ジャンドンション）が呼びかけても、足音は止まるどころかさらに早まって階段を下っていく。

もう二度声をかけたが、朱朝陽（ジューチャオヤン）はすでに一階の鉄製のドアを抜け、建物の外に出ている。

焦りで悪態をつき、張東昇（ジャンドンション）は慌てて駆けおりて、数十メートル朱朝陽（ジューチャオヤン）を追いかけるはめになった。肩に手をかけて振り向かせ、いらだった顔で見つめる。「戻ってもうすこし話さないか」

「話すことなんてないよ。説得なんかできない、もう何週間も考えたんだから」

「意見の交換がしたいんだ」

「いやだよ」

張東昇（ジャンドンシヨン）はいきり立つ。「ひとまず相談してみるのはいいだろう？」

「受けてくれるの？」

「こっちの話を――」

「じゃあいい」

「わかった」これほど気が進まないことはなかった。「やると言ってかたがつく話じゃないんだ、どうすればいいのかこれから検討しよう、どうだい？」

朱朝陽（ジューチャオヤン）は無表情にうなずき、あとを付いて階段を上がってきた。

椅子に腰を下ろし、張東昇（ジャンドンシヨン）は煙草に火を点けて話しはじめる。「二人を殺せというが、どんな人間かも知らないのにどうやって殺せるんだ。殺人は簡単だと思ったらいけない、妻と義理の両親のときは、同じ屋根の下で暮らす家族で、ふだんからいくらでも接している相手だからまだしもやりやすかった。きみの言う二人は、ぼくとはお互い知らない相手なんだよ、きっとぼくには警戒するだろうし、手出しできる機会なんか生まれるはずがない。それに、白昼堂々人を殺すわけにはいかないだろう、どうしたら人目のない場所で会う機会が作れるんだ？」

朱朝陽（ジューチャオヤン）は冷たく言う。「それが心配だったんだね。問題ないよ、ふだんなら機会なんてなかなかないけど、これから機会がめぐってくるんだ。三日後、だから来週の水曜日、あの二人は子供の墓参りに行くんだよ。墓がある場所は知ってる——東のはずれの大河（ダーホー）共同墓地で、あそこは場所も辺鄙（へんぴ）だし、周りは山だらけで、真夏じゃほかの人がいるわけない。この季節に墓参りに行くなら朝早くのはずだから、人目なんかどこにもない、絶好の機会なんだよ」

張東昇（ジャンドンション）は寒々しい目つきで見かえす。ほんとうは、自分は殺人を手伝う気がないのではなく、能力が及ばない、不可能なのだと伝えたかったのだが。朱朝陽（ジューチャオヤン）が殺人を思いつくどころか、その方法まで代わりに考えているとは思いもしなかった。

眉間にしわを寄せながら言う。「でもぼくは面識がないだろう、墓参りに行って、知らない男が近づいてきて警戒しないことがあるかい？　武術もできないし、まして特殊部隊かなにかでもないんだ、ナイフやらなにやら持っていても、二人を殺すのは無理だ」

朱朝陽（ジューチャオヤン）はせせら笑う。「毒って手があるよね」

首を振る。「どうやって毒を飲ませるんだ」

「方法ならあるよ」

「どんな方法だ？」

夏月普（シャーユエプー）が突然口を挟む。「あたしが代わりに飲ませられるよ」

「きみが？」張東昇（ジャンドンション）は仰天して視線を向けた。「きみまで父親殺しに手を貸すのか？」

うなずいて答える。「そうだよ」

「それは朝陽（チャオヤン）のためにならない。いずれ後悔して、きみを恨むようになる」

すぐさま朱朝陽（ジューチャオヤン）が言った。「ありえないよ！　友達なんだ、いちばんの友達なんだって――後悔は永遠にしないし、責めることなんかない、なにもかもぼくが考えたんだから」

夏月普（シャーユエプー）は感激した様子で朱朝陽（ジューチャオヤン）を見る。

張東昇（ジャンドンション）は衝撃を露わにして二人を見つめた。いったいどんな手を使って父親を殺す計画に手を貸すよう説得したのか、想像もつかない。まして、この餓鬼二匹が殺人の地点にとどまらず方法まで考えていたとは思いもよらなかった。どうやらずっとまえから考えを練っていたらしく、いまの自分は身動きが取れなくなり、断る理由は残されていないようだった。ふいに冷え冷えとした寒気に襲われるのを感じた。

歯を食いしばる。「二人は殺されるまえずっと、きみのことで騒ぎを起こしてるんだぞ。二人が死んで、警察はきみを疑わないで済ますと思うか？」

朱朝陽（ジューチャオヤン）は首を振った。「ぼくは疑われないよ、来週の水曜日、ぼくは授業を受けてるから。学校で補習があるんだ」

「なんだって。自分は行かないでこっちだけ行かせるのか」

朱朝陽（ジューチャオヤン）はうなずく。「そうだよ、ぼくが行ったら、いまそっちが言ったとおり警察に疑われる。でも警察は、ぼくとおじさんとの関係は全然知らない、そっちのことはまったくつかんでないんだ」

「だが、警察もきみに二人の友達がいることにたどり着くぞ」

「二人との関係はだれも知らないよ」

「きっと警察が調べにくる。そうしたらきみが白状するさ」

「どう答えるかだって考えてあるんだよ、なにがあっても白状なんかしない！」

「きみは子供だ、答えのぼろはすぐに気づかれるよ」

「警察のまえで演技できるのはあんた一人じゃないんだ、ぼくだってできる！　その日は授業に行ってるんだから、とにかく知らないって言い張れば、警察が疑う理由はないって！」

張東昇（ジャンドンション）は歯ぎしりし、言葉に詰まる。

朱朝陽（ジューチャオヤン）が言った。「おじさん、もしこの件で手伝ってくれたら、ぼくたちはそっちの秘密を、そっちはぼくの秘密を握るんだよ。そしたらお互いのことを心から信頼できるし、ぼくたちだってもうカメラで脅すことはしない」

張東昇（ジャンドンション）は鼻を鳴らして言った。「この子と二人でできることじゃないな」

「どうして？」

「この子はさすがに腕力がないだろう、もし予想外のことになったらどうするんだ？　ぼくは対応しきれないし、それに人を殺したら死体の処理もしないといけない、そんな力がこの子にあるか？　丁浩（ディンハオ）も説得して来させられるならべつだけれどね、あの体格なら人の身体も持ちあげられる」

張東昇（ジャンドンション）はすでに、三人のうち朱朝陽（ジューチャオヤン）と普普（プープー）の二人はひどく扱いづらく、反対にいちばん背の高い丁浩（ディンハオ）はそれよりいくらか気が好い子供だと見ぬいていた。このまえ朱朝陽（ジューチャオヤン）が父親を殺すと言いだしたときは激しく反対していたようだし、いまから殺しを手伝わせようとしてもきっと応じることはなく、応じられるはずもない。そうすればこちらにも殺人を断る理由ができる。丁浩（ディンハオ）が行きたくないというなら、自分と普普（プープー）の二人では無理だと言うのだ。

夏月普がうなずいた。「わかった、あんたの言うとおり、耗子とあたしで付いてく」

「ええっ？　耗子も殺人に付いてきてくれるのか？」

夏月普の自信ありげな答えが返ってきた。「ぜったいに来るよ」

朱朝陽が口を開く。「おじさん、ほかに言いわけを探すのはもうやめてよ、三日後、成功したらぼくはカメラを返す。やりたくないなら、ぼくはかならず警察にカメラを渡す。これが最後の脅しになるといいんだけど」

煙草はとうに燃えつきていたが、それに気づく様子もなく張東昇は煙草を持つ指を空中に浮かせたまま、眉間にしわを寄せ、身じろぎもしなかった。

優に十五分は口を開かなかった。

朱朝陽と夏月普も、同じように黙りこんで見つめている。

いま動いて二匹の餓鬼をすぐさま殺し、丁浩を探し出してカメラを取りもどすべきか——

——逡巡が続いていた。

しかしさんざん考えたすえにあきらめた。朱朝陽のやつは準備のうえで今日ここに来たらしい。来てすぐに、ここで自分たちを殺しても無駄だと口にしていた。二人を殺してから丁浩のことも殺して、カメラを手に入れられるという確信はどこにもなかった。

朱朝陽のやつは、現在の状況はもう悪くなりようがないと言っていた。自分は徐静の一家を殺して、いまではまるきり違う人生を歩んでいる。もし餓鬼たちの言うことに従わなかったら、やっとのことで勝ちとった暮らしはたちまち雲散霧消し、自分は捕まってきっと死刑になるだろう。

反対に、言われたとおり二人を殺すのに手を貸したなら、きっと完全にこいつらの信頼を手にすることができる。お互いに弱みを握っているのだから、これからカメラで脅されることを恐れなくていい。突きつめれば、いずれやらねばならないことだとわかる。

もちろんこれには危険もある。朱朝陽（ジューチャオヤン）の父親と妻が同時に殺されたことが明るみに出れば、その日朱朝陽（ジューチャオヤン）が授業を受けていて犯行に及ぶ時間はなかったとしても、警察はこの利害関係者を取り調べるだろうし、この子供が警察のまえで演技して切りぬけられるとはいっさい信じていなかった。演技をしくじればなにもかも知られてしまうのは必然だ。

なら、実際にやるとなれば、二人が殺されたということが明るみに出ない必要がある。つまり死体や痕跡を消して、はたからは、襲われたのではなくただの失踪と見えるようにする。失踪事件なら警察は大して重く見ないものだから、おのずと朱朝陽（ジューチャオヤン）に捜査も及ばない。

それに、朱朝陽（ジューチャオヤン）によれば父親とその妻は大河共同墓地に墓参りに行くらしいが、それなら犯行は造作もないだろう。殺したあとは山のなかの適当な墓穴に埋めれば、だれかが事件に気づくとしても数ヵ月、ことによっては数年後のことで、そのときには三匹の餓鬼はきっと自分が始末し終わっている。ますます自分が殺人を疑われることはなくなる。

繰りかえし検討したあと、最後に張東昇(ジャンドンション)はうなずき、ひとまず応じることにした。

朱朝陽(ジューチャオヤン)は男の家を出たあと、浮かない顔で言った。「まだ問題が残ってる」

夏月普(シャーユエプー)が訊く。「なに?」

「あいつ、耗子(ハオズー)も連れてくって言ってた。どうやって耗子(ハオズー)を説得するかな」

「賛成してくれるって」

首を振る。「賛成してくれないよ、あいつはほんとは気弱なんだ」

夏月普(シャーユエプー)の目は、まっすぐに前を見すえていた。「今度は、いやだって言っても引き受けさせる。あたしたち三人の未来が関わってくるんだから」

63

「なんだって!」丁浩(ディンハオ)は目を見開いた。「おれも殺しに付いてくのか?」

「ばか!」腕をつかんで、抑えた声でたしなめる。「公園でそんな大声出して、全人類に聞かせるつもりなの！」

丁浩（ディンハオ）はおびえた様子であたりを見回す。いまいるのは児童公園の人けのすくない片隅で、だれもこちらを見てはいなかった。振り向いて、首を振る。「行かないって。行きたいんだったら二人で行けよ」

夏月普（シャーユエプー）はいらだつ。「計画には賛成してくれたんじゃないの？」

「いちおう賛成したけどな、でも張（ジャン）おじさんに殺しに行かせようって言っただけで、おれも行くなんて引き受けてないぞ」

「協力しないって決めたの？」

丁浩（ディンハオ）は態度を変えない。「そうだ、ぶちのめされたってやらない」

「わかった、なるほど」夏月普（シャーユエプー）が見つめてくる。「そんな自分勝手なやつだったんだ、いいよ、行かないなら行かないで、あたしもそんなやつとは絶交してやるから！」

丁浩（ディンハオ）は目を見開いて相手を見つめる。顔には苦痛と怒りが表れていた。「まえにおれが王（ワン）孤児院でどんだけ助けてやったと思う？　おまえのために何回けんかをしてやった？　雷（レイ）に屁こきお化けだってばかにされたとき、あいつの歯を折っておれはまる二日閉じこめられたんだぞ、それも忘れたのか？　なのにおれが自分勝手とか……」

「ふん、自分勝手じゃないなら、臆病者だよ」

丁浩（ディンハオ）の顔が真っ赤に染まる。「これは……けんかとは違うんだ、これは……これは……人殺しなんだぞ」

朱朝陽（ジューチャオヤン）は慌てて二人の言い争いに割って入り、うつむいてため息をついた。「ごめん、ぼくが悪いんだ。ぼくの考えたことで二人がけんかになったんだ。ぜんぶぼくが悪い」

夏月普（シャーユエプー）と丁浩（ディンハオ）のどちらも黙っていた。

朱朝陽（ジューチャオヤン）は真摯な目で見つめながら言った。「耗子（ハオズー）、今度はぼくから頼む。力を貸してくれない？」

丁浩（ディンハオ）はこちらには怒りをぶつけず、首を振るだけだった。「これは……ほんとに手伝ってやれねえよ、やったことがないんだから」

「怖いんだったらそう言えばいいでしょ、この臆病者」夏月普（シャーユエプー）が声を上げる。

「ふん」丁浩（ディンハオ）はそっぽを向いて、相手をしなかった。

「もういいよ、月普（ユエプー）、言ってやるなよ」朱朝陽（ジューチャオヤン）がなだめた。「耗子（ハオズー）、こうなったのはぼくが始まりなんだ、もし最初にぼくがチビアマを突き落としてなかったら、こんな面倒なことにはぜんぜんならなかった。でもいまとなってはほかの方法はないんだよ、あの二人を消さなかったら、いつかぼくたちのことがばれる。そうしたらぼくは少年犯管教所に入れられて、二人は孤児院に送りもどされるんだよ、考えてみて、それこそ最悪の状況じゃない？」

丁浩（ディンハオ）は口を閉じ、一言も発しない。

夏月普（シャーユエプー）が冷たく言う。「あたしは一生あそこに帰らないよ、帰りたいなら好きにすれば。あのクソデブの気持ちわるいの、もうごめんだから！」

「耗子（ハオズー）、孤児院に戻るのはいやじゃなかったか？　ぼくは兄弟分、月普（ユエプー）は妹分なんだ、もし……できたら、もう一回考えなおしてくれないかな？」

夏月普（シャーユエプー）が言う。「まだ満十四歳になってないんだから、人を殺したって大丈夫なんだよ、たかが管教所に入るくらい、孤児院よりはぜったいましでしょ？」

朱朝陽（ジューチャオヤン）も言う。「あいつは、殺すのを手伝えって言ってるんじゃないんだ、あとで死体を運ぶとかなんとか、そういうのに助けになるやつが必要らしいんだよ」

丁浩（ディンハオ）は拳を握りしめ、うつむいて動かない。

夏月普（シャーユエプー）が続けた。「いったいどうすれば動いてくれるの？　あたしだって行くんだけど、男なのに女より肝が小さいなんてことがある？」

丁浩（ディンハオ）が驚いて顔を上げた。「おまえも行くのか？」

当然のことのように答える。「そう、子供こそ人をだましやすいんだ、あたしのことなんか警戒しないから」

「なにしに行くんだよ？」

「そのとき見てたらわかるよ、でも耗子(ハオズー)がすることよりずっと難しいけどね」

朱朝陽(ジューチャオヤン)が口を開く。「耗子(ハオズー)、考えるんだ、これを実行しなかったら、ぼくたち三人ともおしまいなんだよ。実行したら、もし失敗してばれても、いちばんひどい目に遭うのはあいつなんだ。ぼくたちは子供だから、死刑にはならない、せいぜい管教所に入るだけで、二人がいた孤児院よりはきっとましだよ。もしうまくいったらぼくは金持ちになって、二人の面倒を見る。ぼくたちが大きくなったらいっしょに会社を興して、耗子(ハオズー)もお嫁さんを見つけたら、ぼくたち四人で麻雀を打とうよ」

丁浩(ディンハオ)はしばらく考えていたが、ふいに白い目で相手を見つめた。「そうやって言うと、なんだか月普(ユエプー)がもうおまえの嫁さんみたいだな」

月普(ユエプー)が鋭い蹴りを繰りだしたので、慌てて避ける。

朱朝陽(ジューチャオヤン)は言った。「それじゃあ、やってくれるんだね？」

「でも言ったからな、その肝心の殺(さつ)――」はっきりと〝殺人〟の二文字を口にするのは気が引ける様子だった。「その殺……おれはやらない、ぜったいにやらないからな！　おれが関わるのは最後の手伝いで、ちょっと片づけするだけだぞ」

朱朝陽(ジューチャオヤン)は感激して抱きしめた。「よし、これで決まりだよ、ここさえ乗りこえれば、ぼくたち三人はもう恐れるものなしだからね！」

夏月普（シャーユエプー）は丁浩（ディンハオ）を見つめながら、口を曲げて笑みを浮かべた。「まだちょっとは良心があったってことだね」

64

午後、夏月普（シャーユエプー）と丁浩（ディンハオ）が建物の下まで来ると、そばにあの男の赤いＢＭＷが停まっているのが見えた。

かと思うと車のドアが開き、張東昇（ジャンドンション）が降りてきて、二人に目を向けると静かに言った。

「ずいぶん待ったよ、行こう、上で話をするよ」

部屋に入り、このときは張東昇（ジャンドンション）も場つなぎの言葉は口にせず、単刀直入に本題に入った。「朝陽（チャオヤン）の件はどう考えても無理だ、父親殺しはこの世の道理が許さないんだよ。考えるだけでもいけないし、実行したらもっといけない。わかるよ、きみたちも反対してるはずだ、あれはいまだけの出来心、頭に血が上った子供のいまだけの出来心だね、きみたちがよく言いきかせて、なんとしても改心させないといけない」

夏月普が言う。「おじさん、この話はあたしたちも賛成してるの」

二人を見つめる。「どうして父親を殺す話に賛成したんだ？　朝陽は友達じゃないのか？　そんなことをしても、よくない結果にしかならないとわかってるのか？」

丁浩が口を開く。「張おじさん、あいつが考えてるのはそれだけじゃ──」

慌てた夏月普が背中をきつくつねってやめさせ、にらみつけて冷たく言った。「黙って！」

張東昇はつかのま考えをめぐらし、探りを入れるように尋ねた。「この件にはまだ言っていない事情があって、朝陽にはほかの目的もあるんだね？」

失言に気づいた丁浩はうつむいて、黙りこんだ。

すこし間があって、夏月普が言った。「そう、ほかにも理由があるの、お金のため」

「金のため？」

「そう、朝陽の家はお金を持ってると思う？」

「ううん……あの服を見るに、どうも……そこまで金持ちではなさそうだね」

夏月普は続ける。「お父さんとお母さんが離婚して、朝陽はお母さんに付いていったんだけど、お母さんは貧乏で、お金を持ってないの。でもお父さんはめちゃくちゃ金持ち、あんたよりもずっと金持ちなんだ」

苦笑いを浮かべる。「ぼくは金持ちなんかじゃないよ、そもそもきみたちは妻の車を見て、ぼくを金持ちだと思って三十万を欲しがったんだろう？　それだけの金を持っていたら、とっくに渡しているよ」

夏月普（シャーユエプー）が言う。「お父さんがいま結婚してる女と作った子供は先月死んだでしょ。これでお父さんとその結婚相手も死んだら、朝陽（チャオヤン）が相続人になるんだよ」

張東昇（ジャンドンション）は言葉を失う。いまどきの子供はそこまで考えを回すとは思いもしなかった。自分はこの歳になるまで金のために人を殺し、遺産を相続することは考えなかったのに、たかが十何歳の子供がそんなことを考えるのか。

夏月普（シャーユエプー）が言いそえた。「あんたから学んだんだよ」

歯を食いしばる。

夏月普（シャーユエプー）は続ける。「あんたが何千万と金を出してこれたら別だけど、恨みと自衛と、それにお金も理由になってるのに、がんばれば説得できると思う？」

「でもこんなことは、ほんとうにいけないんだ」

「あんただってやったことだよ」

「ぼくは父親を殺していない。妻の家族とぼくとは、結局のところ血はつながってなかったんだから」

「あのお父さんは、もうお父さんじゃないの、あんたの場合と違って、あの二人の関係はいま想像してるよりもっとひどいんだよ」

張東昇（ジャンドンション）は逡巡しながら目を閉じる。

夏月普（シャーユエプー）は言う。「もしこの件を手伝ってくれたなら、成功したあとはお金はもういらない、カメラはそのまま返すから。でも、手伝う気がないんだったら今日あたしたちを説得しても無駄だよ、朝陽（チャオヤン）お兄ちゃんはあたしたちの言うことを聞かない、自分で考えは決まってるの。もうなにをしでかすかわからないよ。一人で考えなしに動いて警察に捕まって、あんたのことを白状されるとか、そっちもいやでしょ？」

長い沈黙のあと、視線を丁浩（ディンハオ）に向けた。「耗子（ハオズー）、二人を相手にするのはぼくだけじゃ無理だ、きみに協力してほしいが、できるかい？」

丁浩（ディンハオ）はうつむいて、うん、と答えた。

苦笑しながらぼそりと言う。「手を下したが最後、きみもぼくと同類だ。やましいものを背負って生きていくんだよ」

丁浩（ディンハオ）の顔に逡巡の色が表れた。

すぐさま夏月普（シャーユエプー）が言う。「耗子（ハオズー）、あたしも行くんだから」

丁浩（ディンハオ）はうなずき、張東昇（ジャンドンション）を見つめた。「張（ジャン）おじさん、安心して。おれも決めたよ」

この瞬間張東昇(ジャンドンション)は、事態がもはや引きかえすことができないのを感じとった。苦りきった顔で二人を見つめ、こう言うしかなかった。「わかった」

第十八章　実行

65

水曜日の早朝。この日は本来、朱晶晶（ジュージンジン）の誕生日だった。朱永平（ジューヨンピン）は王瑶（ワンヤオ）に、今日墓参りに行ったらもうこの件はおしまいにしよう、と繰りかえし言いきかせていた。警察がこれから犯人を捕まえられるかわからないが、そのことももう持ち出さない。どうしても月日は過ぎていくのだから。自分も煙草をやめて、半年間妊娠に向けて準備をして来年には新しく子供を作る。自分は四十になったばかり、王瑶（ワンヤオ）もまだ三十過ぎで、どちらも若いくらいだ。新しく子供を作るのはちっとも難しくない。

一ヵ月以上のあいだ、夫に辛抱強くなんどもなだめられ、さまざまなことを認め、さまざまなことを受け入れてもらって、王瑶（ワンヤオ）の心もおのずと動かされていた。

二人が出会ったのは周春紅（ジョウチュンホン）が妊娠していたときで、そのころ朱永平（ジューヨンピン）はちょうど事業を始めたばかり、かなりの金を借りてきて土地を買い、その土地を担保にした銀行からの借り入れで冷凍加工工場を建てていた。当時、事業を動かしている朱永平はずいぶんと羽振りがよく見えたが、知りあってしばらくすると、それはただの見栄張りで、実際には多額の借金を背負っている負豪というやつだと気づいた。

王瑶は見目麗しく、言いよる相手も多かった。一目惚れした朱永平は、それ以来狂ったように攻勢をかけていた。最終的に朱永平を選んだのは金のためではない。そのころ使えた金は銀行から借りたものだけ、すっからかんで、もう結婚して子供もいると知ったときには別れかけたほどだった。しかし朱永平はなるべく早く離婚すると約束し、あの手この手で王瑶との結婚を目指した。

その後、朱永平は約束どおり朱朝陽が二歳のときに前妻と離婚し、ほどなく王瑶と結婚した。結婚してからは、折よく中国の不動産価格が十数年にわたって高騰を続けた時期で、もとは借金して手に入れた土地と工場の価値がみるまに上がっていき、銀行からはさらに金を借りることができて、事業の規模も大きくしていった。いまでは純資産は何千万元にもなっている。

しかしそのあいだ、朱永平はずっと王瑶ひとすじで、なにもかも思いどおりにさせ、好きなようにさせていた。前妻との家庭には入れこむことはなかったのに、王瑶には運命で定められた天敵だったかのように骨抜きにされた。

ひょっとすると、それが愛情というものなのかもしれない。

朱晶晶（ジュージンジン）の一件から一カ月以上が経ち、時間の流れに洗われ夫からのなぐさめもあり、王瑶（ワンヤオ）の内心もしだいに静まりはじめていた。朱晶晶（ジュージンジン）の死は朱朝陽（ジューチャオヤン）とまぎれもなくつながりがあると信じてはいるが、証拠がないのが問題で、警察も朱朝陽（ジューチャオヤン）の尻尾をつかむことはできなかった。よかったのは自分の頼みで朱永平（ジューヨンピン）が繰りかえしなんども、もう前妻の家とは付きあわないと約束してくれたことで、ひとまずは恨みを心の奥に押しこんでいた。朱朝陽（ジューチャオヤン）は完全に父親を失った、と考えるのは、べつの形をとった復讐と言えた。

今日の空にはひとひらの雲すらなく、またかんかん照りの日になりそうだった。朱永平（ジューヨンピン）と王瑶（ワンヤオ）は朝の六時すぎ、まだ太陽が昇りきるまえに、大河（ダーホー）共同墓地に到着して子供の墓参りの準備を始めた。

ここは数年前にできたばかりの新しい墓地で、どの地方でも共同墓地はおおかた辺鄙（へんぴ）な、周りに人の住まない場所に作られるが、大河共同墓地も例外ではなかった。

ここまで車で来るあいだも、墓地の手前あたりの路上から畑仕事をしている農夫たちを見かけたぐらいで、墓地に着いて全体を一目に見渡しても、一人の姿もなかった。

車を降りた王瑶（ワンヤオ）は籠を提げて歩きだす。歩いているうち、はからずも涙がこぼれてきた。

朱永平（ジューヨンピン）は咳ばらいをして、言いきかせる。「泣くんじゃない、一日会ったらすぐに帰るぞ」

王瑶（ワンヤオ）は懸命にこらえながらうなずいた。

二人は朱晶晶（ジュージンジン）の墓のまえにやってきた。王瑶（ワンヤオ）はぼんやりと立ちつくし、娘の墓をいつまでも見つめて身じろぎもしない。朱永平（ジューヨンピン）は静かにため息をついて、しゃがみこみ紙銭（金銭を模した紙製品。墓前で燃やすなどする）の用意をはじめた。

そのとき朱永平（ジューヨンピン）は、十数メートル先、墓と墓に挟まれた通路を男子と女子、二人の子供が歩いてくるのに気づいた。男子の背丈は大人に迫るくらいで、女子は小学生くらいの雰囲気、二人はうつむいたまま、紙銭を入れた籠を手にして、数十メートル先の墓のところに向かった。

朱永平（ジューヨンピン）は大して気にもとめず、折り紙になっている紙銭を一つずつ馬蹄銀の形に広げていた。

数分が過ぎて、朱永平（ジューヨンピン）がまだ紙銭を作っていると、さっき見かけた少女がこちらに走ってきた。助けを請うような表情を浮かべている。「おじさん、どういうことかわからないんだけど、火が点かないんです。ちょっと手伝ってもらえませんか？」

「ああ、ライターを持ってないんだな？」ポケットからライターを出して手渡す。小さな少女に疑いを持つ者などいない。

「違うの、ライターはあるけど、火がすぐ消えちゃって、うまく点かないんです」口をとがらせながら言う。

「きっと上から点けようとしてるんだ、火は横から点けないとうまく燃えないからな」空中で手を動かしてやってみせる。

少女は困惑したように言った。「何回もやってみたけどだめなの、おじさん、すいませんが代わりに点けてくれないですか。お兄ちゃんはぶきっちょでぜんぜんできないから」

相手の無垢な表情を見ていると朱晶晶（ジュージンジン）のことを思い出し、朱永平（ジューヨンピン）は笑った。「いいぞ、点けに行こう。王瑶（ワンヤオ）、紙銭の用意をしておいてくれ、ちょっと行ってくる」

少女のあとを歩きながら、朱永平（ジューヨンピン）は尋ねた。「きみたちも墓参りか？」

「そう、お母さんのお墓で、今日はお母さんの誕生日なんです」

こんなに小さい少女が母親を亡くし、しかも誕生日の当日に墓参りに来ていると聞いて、同情心が湧かずにはいられなかった。「なんでお兄ちゃんと二人なんだ、お父さんは来ないのか？」

少女はうつむいて、小さな声で言う。「その……先月事故に遭って、お父さんも……死んじゃった」

あごにぐっと力が入り、思わず訊いていた。「じゃあお兄ちゃんときみ、いまだれと暮らしてるんだ」

口を引きむすぶ。「だれも。自分たちだけで暮らしてる」

「自分たちだけ？　親戚がいるだろう？」

抑えた声で言う。「お父さんは借金をしてたから、親戚もいやだって言ったんです。家のものもぜんぶ持ってかれちゃった」

「ああ……それじゃあ、これからどうするんだ」

少女は力なく首を振った。「わからない。あたしはお餅のお菓子が作れるから、作って売ってみようかなって。おじさん、あたしのお菓子、食べてみますか？」

こちらを振り向いて、ラップで包んだ餅菓子をポケットから出してくる。反応に困って動きが止まった。反射的に、金をだまし取ろうというんじゃないだろうな、と考えていた。世間にはいくらでも詐欺師がいるからだが、夏の盛りにだれもいない墓地に来る詐欺師がいるか？

こちらのためらいを察したらしく、少女が言う。「おじさん、食べてみてください。お金はいらないから。おいしくなくて売れないんじゃないかって心配なんです。甘すぎるとか甘くないとか、確かめてみてください」

詐欺師でないかと疑ったのがひどく下劣な考えに思えた。微笑んで菓子を手に取り、ラップを剝(は)がして口に入れ、咀嚼(そしゃく)してのみこんだ。「ああ、おいしくできてるよ、甘さもちょうどいい」

「ふふっ、じゃあ安心です。きっと買ってもらえますね」少女は屈託なく笑った。

目指す墓のまえにくると、墓には女の名前が書いてあり、中年の女の写真が貼りつけてあるのも見えた。その横に少女の兄だという少年が立っている。少女よりも何歳か年上のように見えるが、その顔には晴れやかな色がいっさい見えず、うつむいて、黙って墓を見つめているばかりだった。

初対面の相手ゆえどう声をかければいいかわからず、しゃがみこんで紙銭の用意を手伝い、火を点けた。数分後、火を点けることができた朱永平(ジューヨンピン)は立ちあがったところで、ふいにめまいを感じた。長くしゃがんでいたから、立ちあがって脳に酸素が回っていないのだろうと思い、足に力を入れるようがんばるが、十数秒すると足が痙攣しはじめているのに気づいた。それでも懸命にこらえ、そうと知られないようにする。

その数秒後には急に、このまま倒れてしまいそうな感覚に襲われた。まさか高血圧かなにかだろうか、と考えが浮かぶ。目のまえが闇に覆われるのを感じて、慌てて言った。

「支えてくれないか」そう言ってへたりこみそうになるのを、横にいた少年が急いで身体を支え座らせてくれた。それを見た少女は急いで王瑶(ワンヤオ)のところに走っていき、声をかける。

「おばさん、おじさんの具合が悪いみたい、倒れちゃったんです」

「えっ？」王瑶(ワンヤオ)は、朱永平(ジューヨンピン)が子供たちに紙銭の準備をしてやり、話をしているのをさっきちらりと見ていたが、すこし目を離したと思えば、いきなり倒れている姿が視界に入った。慌てて駆けつけると、地面に座ってぜいぜいと喘いでいる朱永平(ジューヨンピン)は、顔じゅうが真っ赤に染まっていた。

「永平(ヨンピン)、永平(ヨンピン)！　どうしたの、どこが悪いの？　ああもう！」

首元に突然、鋭い痛みを感じた。反射的に振り向いた王瑶(ワンヤオ)は、あの少女が数メートル先に逃げているのを目にした。手には注射器を握り、その中身は空になっていて、冷たい目がこちらを見つめている。

「なんなの？　なにをやったの？」まだ充分に把握しきれていない。

身体の大きい少年も走っていき、少女のうしろに縮こまって、こちらから目をそむけていた。王瑶(ワンヤオ)がくずおれるまでの時間は朱永平(ジューヨンピン)よりずっと短かった。直接首に注射を打たれたからだ。王瑶(ワンヤオ)が倒れこんだ直後、林に身を隠していた張東昇(ジャンドンション)が駆け出してきて、この光景をまえに首を振り、そしていっさいの躊躇なく言った。「耗子(ハオズー)、きみは女を運べ、ぼくは男のほうだ。急いで裏の穴まで運んで埋めないといけない」

三人の背後、二十数メートル先では、今後の埋葬のために掘られた穴が放置されていた。張東昇（ジャンドンション）と丁浩（ディンハオ）は二人の死体を運んでいく。穴まではすぐだった。そこには折りたたみ式のスコップが二本置いてあり、張東昇（ジャンドンション）が用意してきたものであることは明らかだった。死体を、左右二つの穴に投げいれる。穴は大きくはなく、前後の幅一メートル、左右は五十センチにもならず、骨箱を入れるために掘られた穴だった。

二つの死体を折りまげながら、それぞれの穴に押しこんでいく。その一方で丁浩（ディンハオ）に命じた。「こいつらの時計と、ネックレスと、指輪、それと金をぜんぶ持っていくんだ」

「ううん……なんでだよ、朝陽（チャオヤン）にやるのか？」丁浩（ディンハオ）がけげんそうに訊く。

「強盗に見せかけるんだよ、むだ話なんかしてないで早くやるぞ、見つかったら全員おしまいなんだ」

手際よく二人が身につけていたものをのこらず奪って渡すと、張東昇（ジャンドンション）はナイフを取り出し、二人の服を上下とも切りさいて、下着すら残さずにすべて剝ぎとり、持ってきた大きな手提げ袋に放りこんだ。

「これはなんのため？」丁浩（ディンハオ）が訊く。

「何カ月かしてここに埋めたのが見つかったとしても、死体は腐りきって、身につけてるものもなにもなかったら、警察が二人の身元を突きとめにくくなる。さて、もう二人の仕事はないよ、林に隠れていてくれ、ぼくはまだやることがある」

夏月普（シャーユエプー）が言う。「手伝うよ」

張東昇（ジャンドンション）は決然と言った。「いや、見せられない。気持ちのいいものじゃないよ」

このときは夏月普（シャーユエプー）も食いさがらず、丁浩（ディンハオ）と林のほうに行った。張東昇（ジャンドンション）がナイフを穴のなかに何度か振りおろし、そして手際よく土をかぶせていくのを見ていた。

穴は二つとも小さく、土も掘りおわったあと穴のそばに積みあげられていた、やわらかい土だったので、張東昇（ジャンドンション）はなんの苦もなく土を埋めもどした。五分後、手提げ袋を手に林に戻ってくる。「いまはだれも来なかったね？」

土をかぶせていたときもつねに周囲に注意は払っていたが、共同墓地のなかでもこのあたりの高い金を取る墓にはどれも背の高い墓碑が立っていて、墓のあいだには人の背ほどのコノテガシワの木が植えられているので、視界がさえぎられ、墓地の下のほうには目が届かなかった。夏月普（シャーユエプー）と丁浩（ディンハオ）は林のなかにいてさらに高い場所から眺めていたので、自分よりも周囲の状況はよく見えたはずだ。

丁浩（ディンハオ）は今日ずっと魂が抜けてしまったようで、ぼんやりとした目をしている。夏月普（シャーユエプー）はいつもと変わらず冷静に答えた。「いなかったよ、一人も来なかった」

腕時計に目を走らせて言う。「六時四十分だ、しばらくここで待っていてくれ。ぼくは下に行って車のなかのものを持ちだして、盗みに見せかけてくる。そのあとで、来たときとおなじく林を抜けて出ていこう」

そして丁浩（ディンハオ）に視線を向け、肩を叩いた。「さあ、もうことは終わったんだ、悩むんじゃない」

丁浩（ディンハオ）はうつむいて、返事の声をしぼり出した。

夏月普（シャーユエプー）が言う。「おじさん、二人の持ち物って朝陽（チャオヤン）お兄ちゃんに渡すの？」

「違うに決まってるだろう、これは処分するよ」

「でもさっき、すごい大金があったよ、それに時計もネックレスも高そう」

張東昇（ジャンドンション）は笑った。「この父親はたしかにそうとうな金持ちだな、これだけでも君たちが欲しがった三十万より多いだろうね」

夏月普（シャーユエプー）はかすかに驚いたような顔を見せる。

張東昇（ジャンドンション）は続ける。「でもこれに飛びついたらいけない、ここにある現金はしばらくしたらぼくから渡すが、時計だとかネックレスのことは考えるんじゃない。きみたちには渡さないし、まして自分のものにすることもないよ。しばらく経ったら完全に処分する。とにかくこの件が終わったら、ぼくはきみたちに手を貸したんだから、そっちもカメラを返すんだぞ、それでお互い貸し借りなしだからね。これからはぼくたち三人、朝陽（チャオヤン）も入れて四人はもう、起こったことについてだれも話したらいけない。一言だって言ったらいけない、思い出すのだってだめだ、いいね？」とくに丁浩（ディンハオ）に視線を向け、きっぱりと言った。「ぜんぶ終わったことだ、なににも動じずに生きて、後ろ暗いところのない人間になるんだ」

丁浩（ディンハオ）はその目を見かえし、勢いよくうなずいた。「わかった、ぜったいに思い出さない！」

夏月普（シャーユエプー）もうなずく。「あたしも思い出さない」

「そうだ、ぼくたちにはどこまでも清潔な人生が必要なんだ、きみたちにそれができたら、ちゃんと成長してきたってことだよ。これからぼくが三十万をそのまま渡すことはないよ、無駄遣いが心配だからね。でもきみたちの生活の面倒を見ることは約束する、必要な出費があったら負担するよ、きみたちが大きくなって働きだすまでね、どうだい？」

二人は目を見あわせ、そろって感激の表情で張東昇（ジャンドンション）を見た。「おじさん、ありがとう！」

66

「ねえ、ねえ」方麗娜は小さな声で呼びかけ、隣の席の相手をつついた。「ねえって」

「うん、どうした？」朱朝陽がやっと我に返る。「さっき休み時間にどっか行ってたけど、また陸のやつに呼ばれて説教されてたの？」

「え？　違うよ、職員室じゃなくて、トイレに行ってただけ。なに、また陸のやつがぼくに用があるって？」

首を振る。「違う、そう思っただけ、呼ばれて説教されたのかと思ったの。じゃなかったら、三十分そのページだけ眺めて、ペンも動かさないなんてことある？」

朱朝陽はきまり悪そうに笑って、答えに困った。

「あの……」方麗娜がすこし考えて、抑えた声で言った。「なにか悩みごとがあるの？　お父さんのこと？」

「ああ、父さんは……」言われたとたん、張りつめた表情になって見かえす。

方麗娜は同情の目を向けてくる。「夏休み中の家のこと、うちのお父さんから聞いたから。安心して、だれにも言わないよ、そうだね……王おばさんのしたこと、確かにひどすぎると思う」

朱朝陽（ジューチャオヤン）はどうにか笑顔を浮かべた。「もう慣れたから」

「気にしすぎたらぜったいだめだからね」

「大丈夫だよ」口の端を持ちあげると、教科書に目を移し、ペンを動かして問題を解きはじめた。

夜自習が終わると朱朝陽（ジューチャオヤン）は急いで自転車にまたがり、できるかぎりの速さで家までの道を飛ばして、団地のまえまで来ると、内心に恐れを抱えながら左右を見回し、だれもいないのを確かめた。

そこに、静かな咳ばらいが聞こえた。振り向いてはじめて、建物の陰の暗がりに夏月普（シャーユエプー）が縮こまっているのが視界に入った。暗闇に溶け入りかけていたのだ。慌てて自転車を停め、あたりをうかがうと、大急ぎで駆けよった。二人で小道を何本も通りぬけ、壁際の人目につかないところで足を止めると、ほかにだれもいないのを確かめて、気がはやりながら尋ねた。「どうだった？」

夏月普（シャーユエプー）は口を引きむすび、しばし相手を見つめたあと言った。「ぜんぶ済んだよ」

朱朝陽（ジューチャオヤン）はその場に立ちつくし、その顔では多種多彩な表情が入れかわり、喜びか憂いか悲しみか楽しさかも判別できなかった。しばらくしてぜいぜいと喘ぎはじめ、感情の激しい波に襲われているように見えた。「死んだの？」

「死んで、埋められた。もうだれも知らない」

顔を上げ、天の星々を仰いで数分のあいだ呆然としたあと、ふたたび夏月普（シャーユエプー）を見つめた。

「教えて、どうやったんだ？」

朝のできごとをありのままにはじめから話した。最後に、朱朝陽（ジューチャオヤン）は長いため息をついた。「とうとう終わったんだ」

夏月普（シャーユエプー）が言う。「張（ジャン）おじさんが、カメラはいつ渡してくれるんだって言ってた」

夏月普（シャーユエプー）まであの男の名前を〝張（ジャン）おじさん〟と呼ぶのが急に耳に入って、わずかに驚き、うっすらと不安を覚えながら尋ねる。「月普（ユエプー）まで、あいつのことを張（ジャン）おじさんて呼ぶんだ？」

夏月普（シャーユエプー）は考えこんだあと、不満げな様子で言う。「あいつ、そんなに悪い人じゃないと思う」

朱朝陽（ジューチャオヤン）は慎重だった。「もうすこし警戒してたほうがいいと思うよ」

「うん、安心して、もうあたしたちは貸し借りなしで、手出ししてくるはずがないから」

考えこんだあと、うなずく。「だといいけどね」

「それで、カメラはいつ渡すつもりなの？」

しばらく考えをめぐらして、答えた。「何週間か先だね、完全にほとぼりが冷めたら、あいつのとこにカメラを持っていって、今回手伝ってくれたことにもお礼を言うよ。でもいちばんお礼を言わないといけないのはきみだね、ほんとだよ、月普(ユエプー)、心から感激してる」

その明るい目をまえにして、夏月普(シャーユエプー)はかすかに顔を赤らめてうつむいた。「そんな、べつに」

「耗子(ハオズー)はどう、おびえてない？」

「朝はものすごく緊張してたみたいで、なにかしくじるんじゃないかって心配だったけど、結局なにもなくてよかった。戻ってきたら、また家でゲームで遊んでるよ」

朱朝陽(ジューチャオヤン)は笑い声を上げる。「ゲームで遊べたら、ほかはどうでもいいんだね」

夏月普(シャーユエプー)が返す。「そう、孤児院に戻ったらゲームなんかできるわけないし、だからほかの選択肢なんてなかったの」

「よし、これからぼくらはみんな、新しい人生が始まるんだ。もう過去のことは話しちゃだめだよ、孤児院のことも、ぜんぶぜんぶくたばっちまえだ」

夏月普(シャーユエプー)はやわらかい、心からの笑顔を浮かべた。「うん、くたばっちまえだね」

「そうだ、二人は墓地の上のほうの空いてた穴に埋めたんだって？」

「そうだね」

朱朝陽（ジューチャオヤン）は考えをめぐらし、言った。「その……いちど見てみたいんだ、最後のいちどになるから」

夏月普（シャーユエプー）はすこし考えたあとゆっくりとうなずいて、同情の視線を向けた。「うん、なにがあったにしても、自分のお父さんだったんだもんね。もしかしたら何日かしたら、だんだんつらくなってくるかも。もしかしたら……あたしのことが嫌いになるかも……だって……だって結局手を下したのはあたしだし……」だんだん蚊の鳴くように声が小さくなっていく。

「ありえないよ！」朱朝陽（ジューチャオヤン）はこの上ないほど決然と首を振り、真剣な目で見つめ、相手の肩をつかんだ。「二度とそんなこと考えちゃだめだよ、いちばん大事な味方なんだから、永遠に嫌いになんかならない。後悔だって永遠にしない、つらくなんかならない、安心して！　わかってるよ、こんなことしたくなかったんだよね、ぼくを助けるために、したくないことをしてくれたんだって、ほんとに感激してる。月普（ユエプー）がやったっていうよりも、ぼくがこの手でやったことなんだ——もとはといえば、あの二人は自分で自分のことを殺したんだよ。ぼくは最後にいちど見ておきたいだけなんだ。耗子（ハオズー）にもあの男にも言わないでよ、心配をかけるから。二人ともこの件は話に出したくないって、ぼくもわかってる。今週の日曜日が休みだから、一人で最後にいちど会いにいくよ——これでなにもかもおしまいにするんだ」

「うん」夏月普(シャーユエプー)は力強くうなずいた。

別れた帰り道、朱朝陽(ジューチャオヤン)は一人ゆっくりと家までの道を歩き、口にはうっすらと微笑みが浮かんでいたが、目には涙が溜まっていた。

建物の下に着くと、暗い空を見上げて、自分にしか聞こえないほどの声で歌った。

「〝ぼくはあなたの誇りですか……〟」

67

土曜日の夜、周春紅(ジョウチュンホン)が見ると息子の部屋のドアは閉まっていたが、ドアの下からは明かりが漏れてきていて、いまも勉強中なのがわかった。

息子はそうとうな勉強熱心で、毎回学年一位を取り、どの教科の先生からもしきりに賞賛され、とくに数学の先生からは、いまの能力なら中学校の数学はもう片づけたうえで、高校の数学オリンピックの問題にも手をつけられると言われ、実力を発揮できれば三年生の全国数学大会で一等賞を取るのはもはや確実だということだった。全国で一等を取れたなら、高校はきっと市内でいちばんの名門、効実中学（シアオシージョンシュエ）に推薦を受けられる。自分のような大した学もなく、収入も限られ、離婚までしているありふれた女が、ここまで優秀な息子を育てられたことを思うたび、周春紅（ジョウチュンホン）の胸は癒しと誇りで満たされた。だれもが朱朝陽（ジューチャオヤン）のことは宝だと思っているというのに、よりによって実の父親の朱永平（ジューヨンピン）だけは目を向けず、いまの家庭だけに愛を注いでいる。それを思い出して思わず鼻を鳴らし、もっと息子をいたわってあげないと、という思いが心中に湧きあがってきた。

唯一の痛恨は息子の背丈が自分に似て、あまり伸びなかったことだ。ここ二年ほどは息子もしじゅう背が低いことの悩みを表に出している。きっと思春期になったのだろう、だれだって自分の見た目をやたらに気にする年頃だ。周春紅（ジョウチュンホン）は冷蔵庫から牛乳を出して、コップになみなみ注ぐと息子に持っていった。ドアを開ければ、息子がこちらに背を向けて椅子に座り、身を乗り出してペンを動かしなにか書いているのが見えた。扇風機すらつけず、裸の背中は汗の粒で覆われていた。

「朝陽（チャオヤン）、牛乳を持ってきたから。すこし休みなさい」

そう声をかけたとたん、朱朝陽（ジューチャオヤン）は急に全身をびくりと震わせ、ひどくおびえた様子で振り向いて、母親の姿を見ると息を吐いた。「母さん、なんでなんにも音を立てないで入ってくるんだよ。びっくりしたよ」

周春紅(ジョウチュンホン)は申しわけなさそうに笑う。「集中してたから聞こえなかったんでしょ。問題集をやってたの?」目を向けると、ノートが文字で埋めつくされているのが見えた。「そうか、作文ね」

朱朝陽(ジューチャオヤン)は小さく応じて、そっとノートを閉じた。

「ほら、牛乳を飲んで、カルシウムを摂りなさいよ」

「うん、置いといて。あとで飲むから」

「なんで扇風機をつけてないの、ずいぶん暑いじゃない。椅子だって汗まみれだし」

「扇風機はうるさいんだよ」

「まえはうるさいなんて言ってなかったのに」

「いまは宿題がたくさんで、まだやってないのがいっぱい残ってるんだ」

周春紅(ジョウチュンホン)はうなずいて、また尋ねた。「あんた、ここ何日か家にいて、朱永平(ジューヨンピン)から電話はなかった?」

朱朝陽(ジューチャオヤン)はかすかにとまどったあと答える。「ううん、ずっとかかってこないよ、どうしたの?」

口をゆがめ、軽蔑した様子で言う。「おばあちゃんから今日電話があったんだけど、朱永平(ジューヨンピン)の行方がわからないんだって、へんてこな話だと思わない?」

「ゆ……行方が？」

「そう、何日かまえからあの女といっしょに行方がわからなくなってるんだって、工場の人もどこに行ったかわからなくて、急ぎの用事もいくつかほったらかしになってるとか。携帯も二人とも電源が切れてて、あたしから連絡できないかって電話がかかってきたわけ」

「ううん……なんで母さんに？」

「それなの、朱永平（ジューヨンピン）とあのアマがどこをほっつき歩いてるかなんてわかると思う？　へんてこな話なの、どこをほっつき歩いてるかなんてあたしと関係ないのに」

朱朝陽（ジューチャオヤン）は考えをめぐらし、尋ねた。「何日行方がわからないの？」

「何日もだって、水曜日から連絡が取れなくなってるみたい」

「その日はなにをしにいってたんだろう？」

「さあね」

「もしかしてなにかあったのかな？」

「知ったこっちゃない、あいつだってあんたを気にもしなかったんだから。そう、あんたもあんまり気にしないでよ、結局なにもなかったってなったら、あの女に笑われるんだから」

朱朝陽(ジューチャオヤン)はうなずいた。

周春紅(ジョウチュンホン)は言う。「じゃあ、早く宿題は切りあげて寝なさい、明日はせっかくの休みの日なんだから。三年生になったらもっと休みが減るんだから、あんまり根を詰めないで」

「わかってるよ、もういいでしょ」

周春紅(ジョウチュンホン)が部屋を出たとたん、息子が慌ててドアを閉めるのが目に入り、かすかに違和感を覚えた。

真夜中、周春紅(ジョウチュンホン)が目を覚ましてトイレに行くと、息子の部屋の明かりがまだ点いているのに気づいた。時計を見るともう一時になっているが、よどみなく文字を書くさらさらという音がかすかに聞こえてくる。思わずドアごしに声をかけていた。「朝陽(チャオヤン)、早く寝なさい、明日でもいっしょでしょ」

「うん、すぐ寝るから」

すぐに明かりが消えるのを見とどけて、周春紅(ジョウチュンホン)は部屋に戻ってまた眠りについた。

68

大河共同墓地から下りていった道路の駐車スペースに、何台かのパトカーが停まる。そこからすこしだけ離れたところには一台のベンツが停まっていた。

葉軍（イエジュン）は車を降りると、ぽつんと停まっているベンツにすこし目をやったあと、最初に通報を受けた警官とともに階段を上がっていった。

死体が発見されたのは共同墓地の最上部の一角で、そこにはこれから先の埋葬のための予備として掘られた墓穴が並んでおり、二つの死体は隣りあった穴に埋められていた。死体はすでに掘りだされてわきに寝かされていて、臨時の簡単な屋根を建てて日差しをさえぎっていた。夏の盛り、八月の昼間とあって、死体はたえず悪臭を放ち、警官たちは暑さにもかまわずにマスクを着けていた。葉軍（イエジュン）はしばし死体を眺めていたが、においに辟易（へきえき）してわきに下がり、十数分経ったところで、いちばんひどい目に遭った検死官の陳（チェン）が屋根の下から飛び出して、マスクを外し勢いよく息を吐いて、くどくどこぼした。「無理だ、こんなのは無理だよ、この季節に人殺しだなんて、警察を死なせるつもりでもおかしくないぞ。悪党どもよ、冬に人を殺すならまだしも、この季節に仕事をするってのは……あまりに容赦がないんじゃないかい」

葉軍（イエジュン）が苦笑する。「しょうがない、これで飯を食ってるかぎりはな」

陳（チェン）もおどけてみせる。「いちばんきつかったのはここに来てすぐのときだ、そばに何分か立ってたらあのにおいにもだんだん慣れるが、あんたもいっぺんやってみないか？」

「勘弁してくれ、そっちの結論を聞けば充分だよ。どうだ、なにがわかった？」

「男一人に女一人、二人とも刃物で切りつけられていて、顔も切りきざまれて容貌の確認はいっさいできない。死んだのはそこまでまえじゃないな、おそらく数日のうちだが、知ってのとおりこの季節じゃ半日もあれば腐りはじめる。それと、被害者二人が身につけていたものは下着まで含めてのこらず持ち去られていて、身元を証明するものはなにも残ってない。今回は被害者の身元を特定するだけでもかなり時間がかかりそうだな」

葉軍（イエジュン）は首を振った。「身元の特定なら、それほどかからないはずだ。見てくれ」階段の下にある駐車スペースを指さした。

「なんだ？」

「あのベンツは一台だけぽつんと停まってる。こんな辺鄙な場所、近くに人が住んでるわけでもない」

陳（チェン）はうなずいた。「十中八九そうだろう」

「さっき交通警察に電話をして、車のナンバーを調べさせてるよ」

しばらくすると葉軍（イエジュン）の携帯が鳴った。話が終わるとかすかに眉をひそめ、ためらいながら言う。「ひょっとするとこれは、大事件につながってくるかもしれないぞ」

陳（チェン）は当然のように答える。「殺人と死体遺棄、しかも二人だ、もう大事件だろう」

葉軍（イエジュン）は鼻を鳴らす。「だれの車か見当はつくか？」

「朱永平（ジューヨンピン）だよ」

「だれなんだ？」

「だれだ、それは」

「朱晶晶（ジュージンジン）の父親だ」

「えっ？」陳（チェン）はかすかに口を開ける。「まさかあの死体、朱永平（ジューヨンピン）と女房のじゃないだろうな」

葉軍（イエジュン）は死体のあるほうに目をやり、言った。「おれが会ったときの二人の姿を思い出してるが、あの死体となんだか似てる気がするな」

69

その晩、派出所で開かれた報告会では、数名の捜査員から今日の成果の報告があった。

死体は今日の朝、葬式の参列者たちによって発見された。今朝九時前に、親戚友人や業者たちを含めた七十人ほどの葬式の参列者たちが、バスを二台借りきって大河共同墓地にやってきて、ある亡くなった身内の埋葬を行うことになっていた。埋葬のまえにはならわしのとおり爆竹を鳴らしてから、僧侶が三十分ほど法要を行うのだが、そのあいだ暇を持てあました参列者たちは墓地のなかを好きに歩きまわりながらおしゃべりをしていた。そのうち数人が墓地の最上部にある空いた穴が並ぶ一角に足を踏みいれ、ふと目をやると、ある穴から剝(む)きだしの足が突きだしているのを見つけて驚いたという。最初はどこかの家が火葬をせずに隠れて死者を埋めていったのかと思ったが、近づいてよく見るとなんだか様子がおかしい。そしてほかの人々にも声をかけ、一同で見てみるとますます怪しいと思うようになり、すぐに通報したのだった。

今日の調査を経て、被害者は朱永平(ジューヨンピン)と王瑶(ワンヤオ)と確認された。二人は先週の水曜日の朝、娘の墓参りに出かけてから行方がわからなくなっており、当日の朝にはすでに携帯がつながらなくなっていて、土曜日には家族が失踪事件として届けを出していた。現時点での検視結果とあわせて考えると、二人は水曜日の朝、墓参りに来たときに殺されていたと判断された。

今日は水曜日、事件発生からまる一週間が経過していて、そのあいだは晴れの日が続いたとはいえ、海に面している寧(ニン)市ではなんどか雷雨があったのもいたしかたないことだった。雨が降らなかったとしても、こうした野外の現場は一週間も経てばすっかり原形は残しておらず、しかも今朝に死体を発見した参列者たちに踏み荒らされて、足跡などの痕跡が採取できる望みはなかった。

現時点の検死官の判断では、二人とも刃物で襲われているうえに顔を刃物で切りきざまれ、同様に身体のほうも無残に切りつけられていて、犯人が死体を穴に埋めていたとなると、死体と証拠を隠滅しようという考えだったのは明らかだった。

捜査はひとまず強盗殺人として進んでいた。被害者が身につけていた金銭やネックレス、宝石類や服がすべて犯人に持ち去られ、犯人は被害者が乗っていたベンツにまで手を付けていたからで、永平(ヨンピン)水産の従業員からの話では車のなかにはいつも高級品の煙草や金品も置いてあったというが、いま見ると車内はきれいなもので、金目のものはいっさい見つからなかった。もちろん警察は、車の内外の指紋をひととおり採取することも忘れていない。

今日は刑事隊全員で大河公共墓地を調べたが、まだ犯行に使われた凶器は見つかっていない。そのうえ殺害から一週間が経って現場の痕跡は残っておらず、具体的に墓地のどこで二人の被害者が襲われたのかも特定できていなかった。

ということで、刑事隊が相手にしているこの二人の殺害事件は、糸口の見当たらないたぐいの典型的な事件だった。わかっているのは殺害日時と被害者だけで、それ以外の情報はいっさいわからず、犯人の人数すら判断がついていない。

葉軍(イエジュン)はうつむいて煙草を吸いながら、仲間が事件についての考えを話すのに耳を傾けていた。だれもこの事件を楽観視していないことがうかがえた。その場には経験豊富な刑事も、若い警官もいたが、多少なりとも殺人事件には接したことがあり、すべての事件が解決に至るわけでないことも承知していた。

この派出所が担当する地区は工場が多く、市外の人間の出入りも多くて、いくつか砂浜もあり、砂浜では毎年のように埋められた死体が見つかっていて、ばらばら死体が見つかったことさえあった。そうした事件は往々にして、数ヵ月後になっても被害者がだれかすら調べがつかず、ましていつ殺され、いつ砂浜に埋められたかが判明するのは望むべくもなかった。そういった糸口のない事件の多くは事件記録のままほこりにまみれ、資料室で静かに眠っている。今回の事件もそのたぐいで、被害者と殺害日時がわかっているにすぎない。事件現場からはなんの手がかりも見つかっておらず、墓地は山奥にあって数キロの範囲には監視カメラがなく、近くに人が住んでいるはずもなく、ふだんは葬式の参列者以外に墓地を訪れるものはいっさいいない。もし朱永平(ジューヨンピン)の片足が土に埋もれていて、地上に露出していなかったら、今日の葬式の参列者もまったく気づくはずはなく、この事件が明るみに出るのはすくなくとも数ヵ月、もしくは半年、一年経ってからだったろう。

しかし葉軍（イエジュン）の内心には疑問が残っていた。一カ月ほどまえ朱晶晶（ジュージンジン）が少年宮（シャオニエンゴン）で襲われ、いま朱永平（ジューヨンピン）の夫婦も殺された。つまり一家三人がこれで全員死んだのだ。今日のところの判断では事件は強盗殺人事件として進んでいるが、表向きのような単純な事件でないということはあるだろうか？

一つの家族が短期間に二度の殺人事件に遭い、三人全員が殺された。二つの殺人事件はどこかでつながってはいないだろうか？

第十九章　協定

70

夏休みの補習があるのはこの一学年だけで、ふだんの授業期間と比べると生徒は三分の一だけになり、学校はがらんとして見えた。

夏休みのまったただなかとあって生徒たちは当然勉強に集中できなかったし、教師たちも内心では夏休み中の追加勤務など望んでおらず、夜の自習の時間、職員室で番をしている教師は基本的に一人だけだった。案の定、毎晩の自習の時間はそこかしこで私語が交わされて、ラブレターが書かれ、紙玉が飛びかい、悪ふざけが持ちあがり、と思いつくかぎりのことが起きていた。あまり声が大きくなると教師が見まわりにやってきて、教師が行ってしまうと生徒たちはまた新たにふざけはじめるのだった。

毎晩めちゃくちゃな騒ぎだ。方麗娜(ファンリーナー)の成績は中くらいで、勉強への興味も大してなく、なのに隣の席を見ならって勉強しろと両親から毎日言われるのは面倒くさくてしかたがなかった。でも面倒くさいというだけで、朱朝陽にはとくになんの恨みもなく、同じクラスのよく勉強ができる女子たちとは違って、朱朝陽を目の上のたんこぶのように扱うことはなかった。自分とはあまりに違いすぎるからで、朱朝陽ならたとえ卒中を起こして寝たきりになっても自分よりいい点数が取れるだろうと思っていた。違いが大きすぎたら、比較する意味なんてなくなる。

反対に、朱朝陽はよく宿題の答えを参考にさせてくれたし、それどころかテストのときには解答用紙が偶然横にずれた。でも朱朝陽の用心深さもわかっていた。毎度用紙を置くのは方麗娜一人にだけ見える角度で、うしろに座っている何人かの宿敵にはまったく見せないようになっているのだ。

今日は水曜日で、夜自習が始まると方麗娜は大判の問題集を机に広げ、手にはペンを持っていかにも問題を考えているふりをしていたが、その問題集の下には恋愛小説を隠していた。そうやって一限が終わり、ずいぶんと楽しんだものの、二限めになってみて、今日の課題を一文字も書いていないことに気づいて、参考にしようと隣の席を向くことになった。

そちらを見てみると、朱朝陽が机に覆いかぶさって、ものすごい勢いでなにかを書いているのが目に入った。頭と机のあいだのすき間ごしにのぞきこむと、朱朝陽(ジューチャオヤン)は問題を解いているのではなく、こちらも問題集を上に置いてその下にノートを隠し、そのノートに必死に文字を書いているのだった。ずいぶんな量の文字だ。

「ちょっと」方麗娜(ファンリーナー)は声をかける。

「あれ、どうした?」すばやく問題集の下にノートを引っこめ、ペンを手に、考えをめぐらしているような顔で問題集に一つ答えを書きこんでから、朱朝陽(ジューチャオヤン)はすこし向きなおってこちらを見てきた。

にやにや笑いながら見かえす。「なに書いてたの?」

「問題の答えだよ」

「ふふっ」抜けめない目つきを問題集に向ける。「問題集の下は?」

「ええと……なにかな?」

「とぼけないで、下のノートになに書いてたの、見せてよ」

「ううん……作文を書いてたんだよ」

「作文?」疑いが顔に出る。「今日は作文は出てないよね?」

「一人で練習してるんだよ」

方麗娜(ファンリーナー)は首を振り、抑えた声で笑った。「ありえないって、なにを書いてたか知ってるんだから」

　かすかに眉をひそめる。「なにを書いてたって？」

「ラブレターだね」

「ごほっ。違うって、適当なこと言うなよ」

「それに、だれに書いてたのかも見たよ」

　朱朝陽（ジューチャオヤン）は警戒の表情になる。「だれに？」

　方麗娜（ファンリーナー）は口を引きむすんで、なんともいえない表情を見せると、得意げに口の端を片方持ちあげて笑った。「ぜんぜん気づかなかった、そういう感じの趣味だったなんて。へへっ」顔を寄せて、声を抑えて言う。「なんで葉馳敏（イエチーミン）が好きなの？」

　言われた瞬間首を縮こめ、口をゆがめた。「あんなどうかしてるやつを好きだって？」

「そんなこと……あの子のこと、そんなふうに思ってるの？」

　真面目くさった表情になる。「まえからそう言ってるよね」

「それはまえのことで、でもいまは……好きになったのに、なんでどうかしてるなんて言うの？……まさか、どうかしてるやつが好みなんじゃない？　へへっ」

　朱朝陽（ジューチャオヤン）は歯ぎしりする。「なに言ってるんだよ、あんなやつ好きになるぐらいなら自殺する」

方麗娜は軽く眉をひそめた。「あの子に書いてたんじゃないってこと？　でもさっき、あの子の名前を書いてるのが見えたのに」

眉間にしわを寄せて、低い声で言う。「ほかになにが見えた？」

のんきそうに笑って返された。「ぴりぴりしないでよ、ちらっと見ただけで、あの子の名前しか見えなかったから。それで、教えてよ、だれに書いてたの、言いふらさないから。それに……送りたい相手に、わたしがラブレターを持ってってあげるのはどう？」

首を振る。「書いてるのはラブレターじゃないんだって、変なこと考えないでよ」

「じゃあなにを書いてたの？」

「日記だよ」

「日記？」けげんそうになる。「夏休みは毎週の記録は書かなくていいのに」

「自分で練習してるんだよ、毎日日記を書いて、作文の成績を上げようと思って」

方麗娜は落胆した様子で息を吐く。「期待して損した、ほんとにがっかり。へへっ、でもし作文まで点数が上がったら、国、数、英、物、化、生、万能になって、葉馳敏たちがこれから試験の点を落としてやろうってたくらんでももっと無駄になるね。安心してよ、秘密兵器のことは言いふらさないから。えっと……そうだ、今日の課題、見せてくれないかな」

すぐに朱朝陽（ジューチャオヤン）は何冊かの問題集を手渡したが、運悪くそれが方麗娜（ファンリーナー）の手に渡った瞬間、担任の陸（ルー）が教室の入口に現れて、こちらに視線を向けてまっすぐに歩いてきた。

方麗娜（ファンリーナー）と二人で凍りつく。

やってきた陸（ルー）はこちらを見おろして言う。「来なさい」

ぎくりとした朱朝陽（ジューチャオヤン）はすぐに方麗娜（ファンリーナー）から課題を返してもらい、日記を書いたノートは机のなかの教科書の真ん中に突っこんで、陸（ルー）教師に付いて教室を出ていった。ふたたび戻ってきたときには両目を充血させていて、一言も口を開かずに持ち物をまとめはじめた。

ほかの生徒がそこかしこから視線を向けてくる。好奇心からの目もあれば、災難を喜ぶような目もあった。

方麗娜（ファンリーナー）はこわばった顔で、うしろめたそうに謝ってくる。「さっきのを見られたから、学校にいられないで陸（ルー）に帰らせられるの？　やりすぎじゃない？」

首を振って言う。「あのせいじゃないよ」

「じゃあ……」視線を背後のほうに送って、小声で尋ねた。「またはめられた？」

これにも朱朝陽（ジューチャオヤン）は口を引きむすび、首を振った。

いくらもかからずに持ち物は詰めおわって、リュックを閉め、それから課題の問題集を何冊か出して方麗娜（ファンリーナー）に手渡した。「明日、代わりに出しておいてよ。写したかったら、写したってべつに大丈夫だから」

「なにしにいくの？　陸（ルー）のやつになにされるの？」とたんに方麗娜（ファンリーナー）は激しい義憤に駆られる。

朱朝陽（ジューチャオヤン）は目尻の涙をぬぐい、顔を近づけて小さな声で言った。「父さんが死んだから、すぐに帰らないといけないんだよ。言いふらさないでよ」

方麗娜（ファンリーナー）はすっかり呆然とした顔で、仰天したように相手を見つめ、そしてうなずいた。

「早く帰ったほうがいいね。だれにも言わないから」

71

家に帰ると、なかにはかなりの人数がひしめいていた。周春紅（ジョウチュンホン）の兄と妹それぞれの家族のほかに、方建平（ファンジエンピン）など水産加工工場の経営者たちの姿もある。目を充血させ泣いていた様子の朱朝陽（ジューチャオヤン）を見た一同は思わずそろってため息をつき、ひとしきりなぐさめの言葉をかけたあと、方建平（ファンジエンピン）が詳しい事情を聞かせた。

「今日の昼に、派出所の人間が大河（ダーホー）共同墓地であんたのおやじさんと王瑶（ワンヤオ）の死体を見つけたのさ、なんでも強盗に遭って殺されたらしい。事件がどうなるかは警察が調べてくれるが、いまいちばん大事なのは気を落ちつけて、急いで工場に行くことだ。あんたは朱永平(ジューヨンピン)の一人息子で、ふつうに考えるならあんたが相続人だが、法律の決まりだと、王瑶(ワンヤオ)のほうの家族も同等の相続権を持ってる。だから急いで工場を押さえろ、やつらに先を越させるわけにはいかないんだ。重要な財産はそっくり移しておかなきゃならん」

　ことの優先順位を説かれ、朱朝陽(ジューチャオヤン)もすぐに気持ちを落ちつけて、ほかのみなと同じく、王瑶(ワンヤオ)の実家が工場を手に入れるのは許さないと答えた。ひととおりの話しあいのあと一同はすぐさま家を出て、永平(ヨンピン)水産に急いで向かった。

　工場に着くと、そこにはさらに大勢の姿があった。朱朝陽(ジューチャオヤン)の祖母も含め朱永平(ジューヨンピン)の親類が集まっていて、朱永平(ジューヨンピン)に兄弟姉妹はいなかったがほかの親戚はみな手伝いに呼ばれてきている。ほかには朱永平(ジューヨンピン)の取引相手に近くの工場の経営者たち、また銀行をはじめ、派出所や役所の人間たちまでがその場にいた。

　一同は一階の事務所の内外を固めていた。その場の多くと顔見知りの方建平(ファンジエンピン)はあいさつをして回ったあと、朱朝陽(ジューチャオヤン)とその母親の周春紅(ジョウチュンホン)を呼び、さらに経営者たちを連れて朱永平(ジューヨンピン)の執務室に入って、ドアを閉めると相談に入った。

　みなの会話から朱朝陽(ジューチャオヤン)は父親の財産のおおまかなところを了解していた。工場のほかに父親は二台の車と、戸建ての家が一つ、市街地にもう三ヵ所不動産を持っていて、ほかの現金や投資についてははっきりしない。債務についてはすべて銀行からの借り入れで、あわせておおまかに千五百万元、ここまではっきり方建平（ファンジエンピン）が把握しているのは、朱永平（ジューヨンピン）の借り入れはすべて周りの工場主たちが連帯保証人になっているからだった。この貸し付けについて銀行は回収の心配をしていない。資産が抵当に入っており、また企業が連帯保証人になっていて、方建平（ファンジエンピン）たち保証人の資産は朱永平（ジューヨンピン）を上回っていたから、今日銀行員が現れたのは様子を確かめに来ただけで、資産の凍結は起きないという。

すぐに本題である財産の処理に話が移る。周春紅（ジョウチュンホン）は言うまでもなく、息子が受けとる遺産がなるべく多いほうがいいに決まっている。朱朝陽（ジューチャオヤン）の祖母はかよわく善良な老女で、息子の凶報を聞いて以来ずっと涙をぬぐいつづけていたが、これからの遺産分割の話となるとしゃっきりして、完全に孫の味方となった。嫁の王瑶（ワンヤオ）の家族は相続財産を手に入れたが最後朱（ジュー）家とのつながりは切れ、朱（ジュー）家に残るのは朱朝陽（ジューチャオヤン）だけなのだ。

突然降ってわいたこの遺産について、相続法に従えば、王瑶（ワンヤオ）の両親と、朱永平（ジューヨンピン）の両親、朱朝陽（ジューチャオヤン）という五人に相続権がある。朱永平（ジューヨンピン）は一人息子で、その両親が受けとる財産は当然ながらいずれ孫に引きつがれる。財産に関して老女はあっさりしたもので、年金ももらっているから財産は孫に渡すと態度を示した。

王（ワン）家も財産を多く手に入れようとするはずだが、王瑶（ワンヤオ）はとなりの県の生まれで、おそらく到着するのは明日になる。

王（ワン）家が遺産分割を受けるためやってくると聞いた周春紅（ジョウチュンホン）はひとかたならず憤って、あちらにいい思いをさせないためなにか手はないのかと急いで方建平（ファンジエンピン）たちに尋ねた。

言われたほうはすでに話をまとめていたらしく、一つの案を口にした。

朱永平（ジューヨンピン）の財産のうち工場と家、車といったものはすべて固定資産で、移すことはできない。だがそれ以外、朱永平（ジューヨンピン）のほかの資産については事前に移動させることができた。

まず工場に関係する資料や財務印、帳簿をすべてこちらで押さえ、王（ワン）家が遺産を手に入れるには裁判所に訴え出るように追いこむ。向こうは全体でどれだけの資産があるのか知らず、しかもよその人間だから、この土地で裁判となれば丸めこまれるのは目に見えていた。

そして、朱永平（ジューヨンピン）は固定資産のほかにも、そうとうな価値を持つものを遺していた。工場に残っている在庫だ。

方建平（ファンジエンピン）たちは、先月に朱永平（ジューヨンピン）が一千万元以上の魚を仕入れ、冷凍庫で凍らせてまだ出荷していないというのを聞いていた。ここに集まった水産加工業者たちにとって魚は原料であり、基本的な通貨だ。いまこの場にいる近隣の工場主たちが半値で魚を買いとることにし、その代金は工場の帳簿にはつけず、個人的に周春紅（ジョウチュンホン）の手に渡る。基本的な取引の材料を半値で売るというのはかなり割を食うことになるが、緊急時にそんなことは言っていられない。この金は完全に母子のものとなり、王（ワン）家には渡らないのだ。

方建平（ファンジエンピン）はその場で合意書を出してきて、問題ないと思ったならサインをしてもらい、夜のあいだに人を動かして在庫を運び出す、と話した。朱朝陽（ジューチャオヤン）は合意に問題はないと思ったが、ただ心配なのはこれだけの人数が工場に集まっていて、だれかが王（ワン）家に、今晩工場の在庫がすっかり運び出されたことを伝えはしないかということだった。

それについては方建平（ファンジエンピン）の経験が役立った。引取書類を用意してきて永平（ヨンピン）水産の印を捺し、表向きにはもとから水平（ヨンピン）水産に預けていた荷だと言うのだ。水産業者たちは仕入れが多すぎたとき、近くの工場の倉庫を借りて預けていくことがよくあり、いまは朱永平（ジューヨンピン）が死んだのだからすぐにその荷を運び出すのは自然なことだった。印が捺された借り賃の証明書があり、引取書類があり、さらに以前の取引で借り賃をやりとりした証拠もある。一同にとってはおなじみの手順で、うまくいくとうけあった。明日の朝には代金が周春紅（ジョウチュンホン）の手に渡るということだった。

方建平（ファンジエンピン）の工場は朱永平（ジューヨンピン）よりもずっと大きく、輸出を専門に手がけている。このあたりでも顔が利く人物で、こちらの数百万のために体面を失う真似をするはずはない。いまの話が可能かについても当然だれからも疑いの声は出ず、朱朝陽（ジューチャオヤン）は心を決めて同意書にサインをした。

最後に、あれこれかき集めて計算してみると、朱永平（ジューヨンピン）の工場をいずれ売ったとしてもおそらく二千万元は超えず、銀行からの借り入れ千五百万を返すと実際に残る部分はそこまで多くなかった。そこにいくつかの不動産と車、ほかの資産を合わせて、おおまかに計算すると、朱朝陽（ジューチャオヤン）の一家に分配される額は千数百万になり、王（ワン）家が手に入れるのは多くとも数百万となった。

財産をどう処理するかという問題は一同の相談によってけりがつき、方建平（ファンジエンピン）たちは夜通し荷を運び出す。もちろん、これから王（ワン）家が遺産の分配について訴え出たときには、方建平（ファンジエンピン）たちが朱（ジュー）家になにくれと手助けをしてくれる。いろいろと残った後始末はやはり一つずつ片づけていくことになる。

振りかえれば、朱朝陽（ジューチャオヤン）にとって天地がひっくりかえるような、そしてこれからの新しい暮らしへの期待に満ちた、長い夜だった。

72

捜査は今日もなんの進展もない。

大河共同墓地の近くを通りがかる農家の老人が、一台だけ停まった車に数日まえから気づいていた。しかしいつ車が来たかも、だれが運転していたかも見ておらず、ここのところ怪しい人物が通らなかったかはなおさら意識になかった。

墓地のあたりはもともと辺鄙（へんぴ）な場所で、真夏の八月にわざわざ墓地をぶらつきにやってくる人間などいない。そのため朱永平（ジューヨンピン）夫婦の事件について目撃者が見あたらないのはいたしかたなかった。また警察は付近をかなり大規模に調べたものの、犯行に使われた凶器は結局見つかっていない。ということで物証すらない。

専従班は夜に会議を開いたが、捜査の進展について楽観的な意見はまったくなかった。証言も物証もない今回の事件どころか、先月の少年宮（シャオニエンゴン）での少女暴行殺害事件はひとまず明確な物証があり、ＤＮＡまで握っているのに、今ではしだいに迷宮入りが近づいている。

夏はそもそも仕事にはいちばん向かない季節なのだ。警察も人間なのだから、炎天下に田畑をさんざん歩いて怪しい人間を見なかったかと訊いてまわり、つぎつぎに期待はずれの答えが返ってくると、一日もすれば闘志はすり減ってしまう。

専従班は、朱晶晶（ジュージンジン）と朱永平（ジューヨンピン）夫婦の事件に関連がありえるかも検討してみたが、ほとんどの刑事はつながりはないと考えていた。二つの事件は、被害者が同じ家族だったというほかは、犯罪の経緯も手口もまるきり違っていたからだ。

朱晶晶（ジュージンジン）の事件では、犯人は残虐な異常者で、少年宮のような人の流れの多い公共の場所を選んで被害者を暴行、殺害しており、しかもDNA情報も残していて、捕まっていないのはかなりの程度運に助けられていると言えた。もしあの時だれかが偶然六階の男子便所に入ってきたなら、犯人はその場で捕まっていたはずなのだ。

対して朱永平（ジューヨンピン）たちの事件では、犯人は金銭を目当てにしていたとわかっていて、身につけていたものだけでなく車内の金品ものこらず奪っている。ただし今回の犯人は抜け目ないことに使用した道具をのこらず持ち去って、一つの証拠も残していない。

もちろんいまは管区内全域の貴金属の買取店や質屋に捜査協力を要請し、もし朱永平（ジューヨンピン）夫婦のネックレスや宝石を売りに来る人間がいたらまっさきに通報されるはずだった。しかし葉軍（イエジュン）は、こうした事件においてこの方法で犯人を捕らえられる確率は無いにひとしいと知っていた。多くの犯人は地元で盗品をさばくことはせず、それ以外の土地に、ほかの省に持ち出すもので、今後手がかりがつかめたとしても、犯人を見つけだすのはおそろしく困難だった。

家に帰ってきたときには、心身ともに疲れに襲われていた。七月と八月にたて続けに重大な殺人事件が起きて、しかし解決の見こみはいっさいない……妻が西洋人参茶を淹れてくれ、ソファに身体をあずけて茶を飲み、無意識に煙草を取り出して火を点けようとしたところで妻に止められた。「あの子が部屋で宿題をやってるんだから吸わないでよ、家じゅう煙草のにおいがつくって、もう何回もあの子から言われてるの」

葉軍（イエジュン）は吸いたい気持ちを抑えながら煙草を戻した。「なんで自分で言ってこないんだ」

「それとね」口を引きむすぶ。「あの子もあんなに大きいのに、叱ってばっかりだからだれよりもあんたのこと怖がってるの」

葉軍（イエジュン）は刑事になってから長く、出勤が早いのも帰宅が遅いのもいつものことで、事件が起きれば連日連夜家に帰れないこともあり、真夜中に重大事件の報せを受けて暗いなかを出かけていくはめになることとさえある。家に帰ってきても仕事がうまくいっていないとひどく虫のいどころが悪く、なにかというと自分が軍隊にいたときのことを持ち出すので、娘は父親が腹を立てるのにずいぶんおびえていた。

自分に理がないことは気づいていながら、冷たく鼻を鳴らして突っぱねた。「おれだってなんの理由もないのに説教してるわけじゃないんだ、子供がしくじったら叱るもんだろう。うちの派出所でしょっぴいてくるろくでなし連中だって、みんなちゃんとしつけられなかったやつらだろうに」

立ちあがって娘の部屋に向かう。ドアを開けると、娘が勉強しているのが目に入った。

「ああ……お父さん」いまの部屋の外での会話が耳に入っていた葉馳敏（イエチーミン）は顔を上げて、おずおずと父親を見る。

一声応じて、ふだんと同じくいかめしい顔になって父親としての威厳を見せ、近寄ると課題をぱらぱらと見た。「夏休みの補習は模擬試験があるって言ってなかったか、もう終わったのか？」

「うん……終わった」

「点数は出たのか？」

「で……出たよ」

「なんで父さんに見せないんだ、出来が悪かったんじゃないのか？」

「その……あとで、課題が終わったら見せようと思ってたから」かばんから何枚かの解答用紙を出して、おそるおそる差し出してくる。

解答用紙をめくって目を走らせた葉軍（イエジュン）は、いちばん下にあった数学の解答用紙に視線を落とす。満点は一二〇点だったが、記された点数は九六点しかなかった。

「なんでこんなに間違えたんだ」用紙から手を離し、鮮やかな赤で書かれた九六の数字を指さした。

「えっと……今度の数学は特別に難しくて、ほかの……ほかの友達もあんまり取れてなくて」

「何位だったんだ？」

「クラスで一ケタ」

「学年は？」

「学年の順位は出なかったから」

「同じクラスの朱朝陽（ジューチャオヤン）は何点だったんだ？」

「あっ……その……」葉馳敏（イエチーミン）は内心焦る。父親はいつもあの優等生を持ち出してくるけれど、どんなに努力したって勝つのは無理だ——向こうは毎回満点を取ってるんだから。華（ホワ）羅庚（ルオゴン）（二十世紀中国の数学者）が乗りうつったって一二〇点満点の試験で一二一点は取れないのに、どうすればいいんだろう。まえに一度、朱朝陽（ジューチャオヤン）の点数で嘘を伝えて、低く言ったことがあったけれど、父親が学校に問いあわせて嘘がばれた。家に戻ってくるとこてんぱんに怒られて、もうすこしで手まで出てくるところだった。だから、父親をまえにして嘘をつくことはとてもできず、正直に答えるしかなかった。「ま……満点だったって」

言葉が葉軍（イエジュン）の口をついて出てくる。「いくらなんでも、そんな差をつけられるのはまずいだろうに」

葉馳敏(イエチーミン)は黙りこみ、数秒経って、蘭州麺を引きのばすがごとく涙があふれ出してきた。葉軍(イエジュン)の妻が慌てて部屋に入ってきて、文句をぶつけてくる。「なんで性懲りなく泣かせたの、いっつも犯人を取り調べるみたいな態度で。模擬試験なんでしょ、中間試験でもないんだから、うまくいかないなら、つぎでがんばればいいじゃない」

鼻を鳴らして応えるが、多少言いすぎたことは自覚していて、こうして泣いている娘を見るといたたまれない気分にもなり、気落ちして口を開いた。「もういい、泣くな、つぎがよくできたらいいんだ」

「まだ言ってる。もうやめにして、早く歯でも磨いて寝なさいよ。馳敏(チーミン)、泣かないで、大丈夫だから」

部屋を出ていこうとしたところで、ふと思い出したことがあり、また向きなおる。「まだ馳敏(チーミン)と話すことがあるんだ、さきに行っててくれ。ほら、父さんは謝るから、泣くんじゃない」

妻がもうひとしきり言葉をかけて、葉馳敏(イエチーミン)はようやく泣きやんだ。葉軍(イエジュン)はそれを急(せ)かし、ちょっとおしゃべりをするだけで娘を泣かせたりはしないと言ってやっと妻を追い出した。ドアを閉めて、まずは勉強がらみのどうでもいいことをひとしきり話し、娘が落ちつくのを待ってこちらの本題に切りかえた。「同じクラスの朱朝陽(ジューチャオヤン)だが、学校を休んでるのか？」

葉馳敏（イエチーミン）はうなずく。

「昨日からか？」

「そう、昨夜の自習中に急に陸（ルー）先生に呼ばれて、そのあとすぐに家に帰ったんだ。お父さん、なんで知ってるの？　なにかあったの？」その顔に好奇の色が現れる。ただし、朱朝陽（ジューチャオヤン）の身になにか起こるのを心から望んでいるとは父親に知られるわけにいかない。

「ああ、家のほうでちょっとな。でも言いふらすんじゃないぞ」あいまいな答えだった。

「うん」

「それじゃ、先週その子は休みを取ってたか？」

「ううん」

「毎日学校に来ていた？」

「そうだよ、休んでなかった」

「夜自習も毎日いたのか」

「うん」

「先週の水曜日は時間どおりに登校してたか？　遅刻だとかは？」

「なかったよ、いつもいちばん早く来るから。どこからそんな元気が出てくるのか知らないけど」

娘がわずかに軽蔑をにじませたことには気づかず、気になっている件の質問を続けた。

「水曜日に学校を休んでなかったって確信はできるか？」

「確かだよ、水曜日は化学の模擬試験があったから」

「その日遅刻してないってのも確かに言えるか？」

「確かだって」

怪しむように娘を見る。「なんでそんなに確信できるんだ？」

「その……向こうは一列目に座ってて、わたしはその後ろの三列目だから、毎日目に入るの」

「ああ」葉軍（イエジュン）は考えこむと、また尋ねる。「最近、その子がだれかと話してるのは見たか？」

「べつに。だれともぜんぜん話さなくて、学校のだれも仲良くしてないよ」

「うん？　どうしてだ？」

「本人が近づきにくい感じだから。学校の勉強しかしてなくて。学校の勉強なんか役に立たないのに」

娘のほのめかしには気づくことなく続ける。「最近その子を見てて、まえとなんとなく違うところはないか？」

「どういうところ？」

考えこんだあと首を振る。「思いつくことがあるなら言うんだ」

「どんなところでもいい、思いつかないな、まえとおんなじで、いつも一人だし話もしないし、だれとも仲良くしないで、自分の席で問題集にかじりついて。あれじゃあどんなに勉強ができたって、そのうち勉強ばかの世間知らずになるってみんな言ってるよ」

ただの勉強ばかは役に立たなくなると、父親に懸命に価値観を植えつけて、あの役立たずの優等生と比べるのはもうやめてくれと伝えようとした。しかし葉軍はうなずいて返し、考えが頭をめぐっている様子で立ちあがると部屋を出ていこうとする。こちらのほのめかしはいっさい耳に入っていないようだった。

慌てて訊く。「お父さん、朱朝陽はなにか罪になることをして、お父さんたちに捕まるの？」

驚いて顔を上げる。「いや違う、なんでそんなこと訊くんだ？」

「じゃあなんでこんなに朱朝陽のことを訊いたの？　なにかしでかしたみたいだった」

葉軍は笑ってごまかした。「なんでもないよ、なんとなく訊いただけだ、早く寝なさい。これからは周りを見習うようにして、もっと謙虚に、わからないとこはわかる友達に聞くんだぞ。わかったな」

葉馳敏(イエチーミン)はがっかりして口をゆがめた。あれだけにおわせたのに、お父さんは一つもわかってくれなかった。

第二十章　死

73

それからの数日間、朱朝陽は学校を休んで家にいた。

おおかたの人間の感覚に従えば、一人息子の朱朝陽が財産をすべて相続するのが正しいのだろうけれど、もちろん法律上は、朱永平の財産は夫婦の共同資産で、王家の人々は王瑶の所有分を持っていくことになる。しかしそれがどのぐらいの額になるかはだれもはっきりと言えない。財産を相続してもそこから千万単位の銀行からの借り入れを返済する必要があり、しかも大部分が固定資産で、どれほどの評価額になるかはわからないゆえだった。

主導権はすでに朱家の側ががっちりと握っていた。地元に暮らす朱家がまっさきに印章や帳簿、不動産の権利書を管理下に置いたからで、もとは銀行が引きとって保管するはずだったが方建平（ファンジエンピン）たち数名が保証人として名乗り出たため、銀行は貸し付け金の回収を心配しなくなった。役所関係の問題は、従業員たちの給料と工場の処分ぐらいのもので、それも工場の契約社員は何人もおらず、朱永平（ジューヨンピン）はだれか個人に債務があったわけでもないので、処理するのは簡単なものだった。

もちろん工場は、最後には方建平（ファンジエンピン）たち同業の工場主たちに売却することになるが、これも当然在庫を売ったときと同じく陰陽二重の契約書を作り、売却価格を抑えながら、朱（ジュー）家にはひそかに追加の金が渡ることになる。

この数日、朱朝陽（ジューチャオヤン）は親類に付いて歩き、続けざまに財産の争奪戦を繰りひろげていた。役目は一人息子としてその場に顔を出すことだけで、口を開く人間はほかにいる。王（ワン）家とは幾度となく言い争いを演じ、派出所の警官も幾度となく仲裁にやってきたが、財産の権限をすべて朱（ジュー）家に握られて王（ワン）家はまだ一分の金も手にしていないうえ、よその土地からきた向こうは、地元の人間たちが相手では手の出しようがなかった。警察も仲裁に来るたびに法律の手続きに従うよう助言するしかなく、朱（ジュー）家の側も裁判所での争いに持ちこむつもりで、引き渡すのは判決で定められたぶんだけ、それまでは一分たりとも渡さない構えだった。

数日が過ぎても王（ワン）家はいっさい収穫がなく、今後の起訴の手続きに取りかかるしかなくなった。

　朱家（ジュー）のほうはというと、朱永平（ジューヨンピン）の葬式は日程通りに進めることはできなかった。遺体がいまも警察のもとで保管されているからで、事件の捜査はまだ序盤であり、遺体が家族に返されるのはもうしばらくあとのことだった。

　この日の午後、朱朝陽（ジューチャオヤン）は周春紅（ジョウチュンホン）と家に戻ってきたところ、団地のまえまで来たとき近くに夏月普（シャーユエプー）が座っているのを目に留めて、母親にはソフトクリームを買いにいくと嘘を言い、向かいの路地に入っていった。夏月普（シャーユエプー）は考えを察し、静かにあとを付いてくる。

　二人は小道を抜けたところの細い通りで顔を合わせ、歩きながら朱朝陽（ジューチャオヤン）は尋ねた。

「けっこう待った？」

「そんなに。あそこで本を読んでたから、長いと思わなかったよ。それで、警察は来た？」

　朱朝陽（ジューチャオヤン）はぎくりとしたが、すぐになにごともなかったかのように歩きだす。「なんでわかるんだ？」

「張（ジャン）おじさんが予想したの」

「えっ？」

「墓地の死体が見つかったって、ニュースで見たんだって。朝陽（チャオヤン）お兄ちゃんが墓地に行って、死体を動かしたんじゃないかって訊かれた」

朱朝陽（ジューチャオヤン）の眉がかすかにゆがむ。「なんて答えたの？」

「日曜日に墓地に行ってたのは教えなかったよ、あたしは知らないって言った」

「うん」安心してうなずき、続けて訊く。「なんでぼくが墓地に行ったって考えたんだろう？」

「あそこに死体を埋めれば、一ヵ月経っても見つかるかわからないって予想だったから、動かしにいったんじゃないか気になってるんだって」

驚いた様子で言う。「ぼくが動かしてたらどうなるの？」

夏月普（シャーユエプー）は口をぽかんと開けた。「ほんとにやってるの？」

すぐさま首を振った。「見にいっただけで、死体には触ってないよ」

「死体を動かしてたら朝陽（チャオヤン）お兄ちゃんの足跡とか、そういう跡が残ったかもしれないって最初は言ってたけど、そのうち足跡は大した問題じゃない、このあいだに雷雨が何回もあったから流されてるはず、って言ってた。いちばん心配してるのは、墓地に行ったとき道の監視カメラに映ってないかだって」

「あの墓地、カメラがあったの？」

「墓地の近くにはないけど、手前の大きい道にはあるはずらしいよ」

「でもバスに乗ってったし、降りてからの山道は歩きで、あいだもだれにも会わなかったけどな」

夏月普（シャーユエプー）は頭をひねったあと言う。「山に入ってく道はカメラがないって言ってたから、たぶん大丈夫だね」

足を停めた朱 朝陽（ジューチャオヤン）は数秒考えこんで、また歩きだした。「うん、たぶん大丈夫だよ、でなかったらもう警察に連れてかれてるはず」

「さっき、警察が来たって言ってなかった？」

「うん、でもべつに大したことじゃないんだ。ぼくだけじゃなくて母さんも、ほかの親戚も話を聞かれてて、父さんとあのクソアマが最近連絡してこなかったかって質問で、あと先週の水曜日どこにいたかも訊かれた。ぼくは授業に行ってたし、母さんは仕事で、どっちも真っ白だよ」

夏月普（シャーユエプー）は安心する。「ならよかった」

朱 朝陽（ジューチャオヤン）は続ける。「安心してよ、月普（ユエプー）も、耗子（ハオズー）もあの男も、父さんの一家とはなにひとつ関係ないんだから、警察が疑ってくることはないって。ここさえ乗りきればぜんぶなかったことになって、ぜんぶうまくいくんだ。ほとぼりが冷めたら、ぼくたちは堂々といっしょに遊べるし、だれも疑ってこないんだよ」

夏月普は笑った。「早くそうなるといいね。そうだ、張おじさんに訊いてこいって言われたんだけど、カメラはいつ渡すの？」

すこし考えて答える。「何日かしたらだね、警察が完全に話を聞きにこなくなったら、カメラを返しにいくよ。あんなことに手を借りて、これからはカメラで脅したって無駄だからぼくは返すよ。二人は最近どう、あいつは怖い？」

夏月普は口をゆがめた。「耗子はゲームがあるとぜんぶ頭から飛んじゃうけど、あたしはちょっとだけ不安かな……あたしと耗子、いまはあそこにいなくて、張おじさんの家に移ったの」

足が止まり、眉間にしわが寄る。「どうして？」

「あれが終わったあと、またあたしたちの家族のことを訊いてきて、耗子がうっかり口をすべらしちゃったの。あたしも、もうカメラのことで脅すのもできないからと思って、孤児院から逃げてきたって話したんだ。つぎの日また来たかと思ったら、このままじゃいけない、学校に行かないとって言われて、学校に行くには戸籍が必要だし学籍認証も必要だから、どうにかしてあたしたちによその土地で戸籍を手に入れてきて、それからどうにかして学籍認証もするって言うんだ。偽の戸籍を取るときは身元をきれいにするのにたくさんお金がかかるから、あのいちばん狭い家は売るつもりで、しばらく自分の家にあたしたちも住んでいいって。ついでに勉強も教えてくれて、学校が始まるのに間にあわなくても授業に付いていけるだろうって」

朱朝陽（ジューチャオヤン）は複雑な視線を向ける。「もうぼくらは、あいつがおびえるべき相手じゃないのに、なんでそこまで親切にしてくれるか考えた？」

「わかってるよ。あたしたちが外をうろついて、いつか万が一、ことを表沙汰にしたらまずいと思ったんだよ」

自分のことを言われているような気になって思わず顔を赤らめ、慌てて言った。「でも、助けるって言ってくれるならいいことだね」

「あたしも耗子（ハオズー）もあの家に住むことになって、危ないことはあると思う？」

首を振った。「ないね、もうぼくたちがいてもあいつに危険はないんだ。それに、いままで何回か話をしにいって気づいたけど、あいつはもう殺人なんかしたくないんだ。よけいなことはしないで済ませたほうがいいって、判断できてると思うよ」

夏月普（シャーユエプー）は安心してうなずいた。「あの人って、ほんとにあたしたちが最初思ってたほど悪い人じゃないのかも。なにがあっても先生には違いないんだから。起きたことはもう昔のことなんだから、これからはだれにも言わないで、完璧に忘れちゃってちゃんとした暮らしをしろって言われた」

朱朝陽（ジューチャオヤン）はうなずき、息を漏らす。「ぼくも、早くそうなるといいと思う」

夏月普（シャーユエプー）は言う。「それじゃあ、さきに帰るね。何日かしたらまた会いに来るから、大丈夫なときにカメラを持ってきて。あと、お父さんの持ち物をあの人がちょっと持ってるけど、朝陽（チャオヤン）お兄ちゃんに渡すわけにはいかなくて、しばらくしてほとぼりが冷めたらどっかで処分するって言ってたよ。取っておいた現金は何回かに分けて渡してもいいってさ。無駄遣いが心配なんだって」

感激の表情で見かえした。「ありがとう。きみが手を貸してくれなかったら、ぼくはほんとにどうなってたかな」

夏月普（シャーユエプー）は微笑んで、首を振った。

「そうだ、月普（ユエプー）のお父さんの命日はいつだったかな？」

「明日だよ」

「写真を現像して見せてあげる？」

「そうだね」

「ぼくもいっしょに行こうか」

すこし言葉に詰まったあと、目を軽くうるませて、笑いながら首を振った。「大丈夫、しばらくは忙しいはずなんだから、そんなことしたら悪いよ。来年、また」

朱朝陽（ジューチャオヤン）は見つめかえし、ゆっくりとうなずいた。「うん、約束だよ、来年ね」

74

夏休みの補習はあっという間に終わり、もう数日すれば正式な授業開始、それはなにより大事な中学三年が始まるということだった。

補習の最後の数日、朱朝陽（ジューチャオヤン）は学校に行かず、ずっと休んで家にいた。周春紅（ジョウチュンホン）も一週間の休みを取って、いろいろな手続きを処理していた。

一家の経済状況は天地がひっくりかえるような変化を迎えるとはいえ、わきまえのある周春紅（ジョウチュンホン）は財産にあぐらをかいて食いつぶすことはせず、その金は取っておいて息子が大学を出たら家と車を買う、残りはいずれ息子に自分で使い方を考えてもらう、と言っていた。

一週間が経つと、母親は景勝地区での仕事に戻っていった。その日に朱朝陽（ジューチャオヤン）はまた夏月普（シャーユエプー）と会って、明日の朝、カメラを返すと予定を決めた。

夜中、一人家で過ごす朱朝陽（ジューチャオヤン）はほかのなにもせずに机に向かってペンを動かした。手を止めると、疲れの溜まった腕を動かして、手にあるノートを閉じ、長々と息をついた。そしてノートをきっちりと本棚に入れると、机の上をきれいに片づけ、教科書のたぐいをすべて一つに積みあげた。例の印刷が粗い『秘策・高身長を目指す人に』を取り出して、積みあげた本のいちばん上に載せた。

椅子に身体をもたせて、目を閉じるとしばらくじっと考えこむ。それから目を開き、引き出しからカメラと二枚のメモリーカードを取り出した。一枚は当然、もとからカメラに入っていたカードで、もう一枚は今日の午後、電脳街で買ってきたものだった。

カメラに新しいメモリーカードを挿してリュックに入れ、もとのメモリーカードは慎重な手つきでリュックにあるべつの小さいポケットに入れた。

それがすべて済むと、顔をしかめ、窓の外に目を向けてしばらくそのままたたずんでいた。年齢にとても似合わない表情が浮かび、ため息をつくと、ベッドに向かった。

明日はなにより大事な一日だ。

月普(ユエプー)、耗子(ハオズー)。ぜんぶうまくいきますように。二人ともずっと、いちばんの友達だ。

つぎの日の朝、リュックを背負った朱朝陽(ジューチャオヤン)は予定どおり盛世豪庭(ションシーアパートメント)にやってきて、入口の防犯ドアのところに来るとインターフォンを押した。

画面のまえに来た張東昇(ジャンドンション)は、そこに映る朱朝陽(ジューチャオヤン)の姿を目にする。気がつかないほどのかすかな笑みが目の端に浮かんだ。

向きなおって、奥の二部屋に声をかけた。「耗子（ハオズー）、普普（プープー）、朝陽（チャオヤン）が来たよ」そして開錠ボタンを押す。

上がってきた朱朝陽（ジューチャオヤン）に丁浩（ディンハオ）がドアを開け、嬉しそうに迎えいれた。「よう兄弟、何週間かぶりだな」

「座ってくれ」張東昇（ジャンドンション）もうちとけた調子で声をかける。

腰を下ろした朱朝陽（ジューチャオヤン）は丁浩（ディンハオ）と近況を話しあったが、二人ともあのことには触れなかった。あんなことは起きてもいないかのように。

しばらくの会話のあと、朱朝陽（ジューチャオヤン）は言った。「おじさん、カメラは持ってきたよ」

リュックを横の椅子の上に置いて、そこからカメラを取り出し、手渡した。

張東昇（ジャンドンション）はカメラの電源を入れる。充電は残っていて、調べてみるとたしかに映像は保存されている。満足げにうなずいた。「この映像は、カメラにしか入ってないのか？ パソコンに保存はしなかったのかい？」

朱朝陽（ジューチャオヤン）は首を振る。「保存してないって」

半信半疑で三人を順々に見ていく。「一回もパソコンには保存してないのか？」

「うん」朱朝陽（ジューチャオヤン）はきっぱりと答えた。

丁浩(ディンハオ)が続く。「安心してよおじさん、おれもはっきり言える、パソコンには保存してない」

夏月普(シャーユエプー)も口を開いた。「嘘をつく必要がないでしょ、もう映像を残しとく必要もないし」

うなずいた張東昇(ジャンドンション)はカメラからメモリーカードを取り出して、二つに割り、ごみ箱に放りこんで、くつろいだ笑顔を浮かべた。「さて、これで今日からなにもかも新しく変わる。過去はなにもかも過ぎたことだ、ぼくもそうだし、きみたちもだ」

丁浩(ディンハオ)が心からの笑みを浮かべ、夏月普(シャーユエプー)も口の端をすこしだけ持ちあげて、朱朝陽(ジューチャオヤン)一人だけがぎこちなく口をゆがめて、笑う気分でないようだった。

それを見た張東昇(ジャンドンション)は考えをめぐらし、優しく言葉をかける。「もう起こったことなんだ。後悔したってしかたがない、忘れるといい」

朱朝陽(ジューチャオヤン)は言う。「後悔はしてないよ。でも最近、ほんとにいろいろあったから、うん……」

「だんだん気にならなくなるって」

「おれは忘れるぞ」

張東昇(ジャンドンション)が手を叩いた。「さて朝陽(チャオヤン)、これできみは安心して暮らせる。耗子(ハオズー)と普普(プープー)にはどうにかして戸籍を用意してきて、学籍認証も済ませて、また学校に通えるようにするよ。でももうすこし時間が必要なんだ、たぶんこれから始まる授業には間にあわないが、遅くとも年が明けるまでにはかたがつくと思う」

丁浩（ディンハオ）は笑顔を浮かべながら頭をかいていて、この決着に心から満足しているようだった。

張東昇（ジャンドンション）が続ける。「ぼくたち四人は、ある意味同じ船に乗りあわせたようなものだ。いろいろなことがあったが、今日で完璧に一区切りだ。お昼は買ってきたものでお祝いにしたいんだが、どうだい？」

丁浩（ディンハオ）がすかさず言う。「やった、おれはピザがいいな」

張東昇（ジャンドンション）は笑いかける。「ゲームの時間を減らして、普普（プープー）と同じようにしっかり本を読むんなら、これからなにを食べたっていいさ。でもいまはべつのいいものを出してあげよう」

夏月普（シャーユエプー）が口をとがらせた。「冷蔵庫のケーキのこと？」

わざとらしく驚く。「昨日、こっそり入れたのを見てたのかい？」

丁浩（ディンハオ）が笑う。「おれだって知ってたぞ、言わなかっただけで」

二人の様子を見た朱朝陽（ジューチャオヤン）も思わず笑みを浮かべた。

隠しておいた〝お楽しみ〟を見破られた張東昇（ジャンドンション）はあきらめたように首を振り、冷蔵庫から大きなケーキ箱を出してきた。発泡スチロールの箱を開けると、チョコレートとフルーツをふんだんにあしらった美しいケーキが一同のまえに現れた。

丁浩（ディンハオ）が舌を鳴らす。「おじさん、すごいじゃん！」

「それと飲み物もだね、朝陽（チャオヤン）は炭酸は飲まないんだったね？　オレンジジュースかな？二人は今日もコーラか？」

「なんでもいいって、早くしてよ」丁浩（ディンハオ）は待ちきれない様子で、苺をつまんで口に放りこんでいた。

張東昇（ジャンドンション）は笑って首を振り、オレンジジュースが一杯とコーラ二杯を注いできてそれぞれのまえに置き、自分にはワインを注いで、グラスでテーブルを叩いた（乾杯の代わりの仕草）。「まずは、乾杯」

「うん！」

丁浩（ディンハオ）は氷を入れたコーラを一口でおおかた飲みほし、夏月普（シャーユエプー）は三分の一ほど飲んで、朱朝陽（ジューチャオヤン）はそれよりもずっとゆっくりと飲み、一口飲んでは手を口のところに持っていき咳きこんで、また飲んでは咳きこんだ。そのうち言う。「おしっこに行ってくる」それから大きくもう一口ジュースを飲み、頬を膨らませてトイレに向かった。

張東昇（ジャンドンション）はそちらに目をやり、ジュースのほうも眺める。こちらも三分の一ほど減っていた。

「じゃあケーキを切ろう、きみたち、どこがいいかな？」

ケーキを切っていると、トイレから朱朝陽（ジューチャオヤン）が出てきたので変わらない笑顔で声をかける。「朝陽（チャオヤン）、チョコレートとフルーツ、どっちが好きかな？」

「昨夜おなかをこわしたんだよ、まだ食べたくないかな」

「わかった、朝陽（チャオヤン）のぶんは今度かな。耗子（ハオズー）、ほらどうぞ」

ケーキを受けとった丁浩（ディンハオ）は何口か食べはじめたところで、突然顔をしかめた。「うわ、やばいな、おれも腹の具合が悪い気がする。こっちも腹が痛くなってきた」

夏月普（シャーユエプー）が切って捨てる。「いっつもそうやって早食いで大食いだからでしょ」

「こっちはくそ痛いのに、そんなこと言うなよ」丁浩（ディンハオ）がにらみつけるが、数秒しないうちにさらに痛みがひどくなり、腹を押さえながら声を上げはじめた。

「耗子（ハオズー）、耗子（ハオズー）！」おおげさに騒ぎすぎだと思って夏月普（シャーユエプー）が振り向くと、それどころでなく椅子から崩れおちる丁浩（ディンハオ）の姿が目に入った。その顔は恐ろしくゆがみはじめている。

朱朝陽（ジューチャオヤン）は慌てて夏月普（シャーユエプー）とともに助けおこした。

張東昇（ジャンドンション）も急いで駆けよってきて、椅子に座るよう引きあげるとせっぱつまった声で訊く。「どうしたんだ、急性胃腸炎か？」

「なんでこんなにものすごく痛がってるの？」痙攣を起こしはじめた丁浩(ディンハオ)に夏月普(シャーユエプー)は焦った様子で触っていたが、そのとき、かすかに眉がひそめられる。何度かこらえたものの、こちらの顔にも苦痛の表情が浮かんだ。

張東昇(ジャンドンション)が言う。「きっと胃腸炎だ、薬を取ってくるからね」

あちらを向いてテーブルから薬を取ってくるふりをしたが、取りだしたのはリモコンで、ボタンを押すと玄関のドアの錠ががちゃりと音を立てた。

同時に、自分の席に向かって数歩歩きだした朱朝陽(ジューチャオヤン)も突然苦しげな声を上げると、床に倒れこんでうめきはじめる。丁浩(ディンハオ)はもはや痙攣するばかりだった。

すぐあとに夏月普(シャーユエプー)が足をもつれさせて転んだ。目を大きく見開いて、張東昇(ジャンドンション)がいまゆっくりとこちらを向き、その顔にいっさいの表情がないのを恐慌のなかで見たとたん、朱朝陽(ジューチャオヤン)の父親が息絶える直前の姿が頭によみがえった。一瞬にして事実を悟り、かすれた声で叫ぶ。「あんた……あたしたちを殺す気なんだ！」

張東昇(ジャンドンション)は答えない。なにをするでもなく立ったまま、もがいていた三人が痙攣を始め、そしてしだいに動きが消えうせるまでを見つめていた。

たっぷり五分間経ったあと、息を吐き、冷たく笑った。「なにもかもおまえたちのせいでこうなったんだ。あれで終わったと思ったのか？　しょせんは子供だな、なにがあっても人に知られるわけにいかない秘密もあるというのがわかってない。そうなってしまったら、永遠にゆっくりとは眠れないんだ」

平静な足どりで歩いていき、丁浩（ディンハオ）のまぶたを開ける。瞳孔は開ききっていたが、身体にはまだ体温がある。深夜になったら、三匹の餓鬼を海に捨てにいく。今日でとうとうけりがつく。久しぶりに胸のなかが軽くなるのを感じた。

死体を袋に詰めようと考えたそのとき、いきなり胸に鋭い痛みが走った。考えが追いつく暇もなくまた一度痛みが走る。一度。二度。三度。四度。

なにげなく下を向いて驚愕する。胸からだくだくと出血し、血が噴き出しているのが見えた。振り向いた張東昇（ジャンドンション）は目のまえが暗くなる直前に、ナイフを手にした朱朝陽（ジューチャオヤン）が背後に立っていたのを見た。

朱朝陽（ジューチャオヤン）が夏月普（シャーユエプー）を連れてはじめてこの家に来たとき、ガラステーブルの下の段で見つけ、奪いとってリュックに入れて帰ったナイフだった。手を血に染めた朱朝陽（ジューチャオヤン）はその場に立ちつくして、張東昇（ジャンドンション）が身体ごと倒れ、手足の痙攣がしだいに弱まり、いっさい動かなくなるのを見ていた。それでも充血したまま見開かれた張東昇（ジャンドンション）の目は、まるで恨みを残しているかのようにこちらをにらみつづけている。

しばらく経って、ようやく我に返った。床に倒れていた丁浩（ディンハオ）と夏月普（シャーユエプー）のほうに目を向けたが、そのうち視線は夏月普（シャーユエプー）の顔だけに向けられた。

しゃがみこみ、夏月普（シャーユエプー）の顔を見つめて、静かに呼びかける。「月普（ユエプー）、月普（ユエプー）、起きてよ」月普（ユエプー）から答えはない。手を伸ばし、ゆっくりと小さな手を握った。手のひらからうっすらと感じる体温には、いままで知らなかったような温かみがあった。

「月普（ユエプー）、起きてよ、ぼくと出ていくんだよ、ねえ」握った手に力を入れ、細く美しい髪にそっともう片方の手を伸ばした。

「月普（ユエプー）、月普（ユエプー）、もう起きなよ。起きて、起きて、起きてって……」

突然、目から涙があふれだす。そのうちに号泣に変わっていく。

月普（ユエプー）は一度も動かなかった。もう動くことはないのだ。

朱朝陽（ジューチャオヤン）はうつむいて、月普（ユエプー）の額にほんの一瞬だけキスをした。はじめての女の子とのキスだった。

それから月普（ユエプー）を見つめながらさんざん泣きじゃくり、長い時間が経って、ようやく涙が止まった。勢いよく鼻をすすると、ゆっくりと立ちあがって、ぼんやりした目で周りを見わたす。

ポケットから丸めたティッシュを取り出した。オレンジジュースを吸ってびちゃびちゃになっている。ナイフをそばに置くとテーブルに歩いていって、ジュースが入っていたペットボトルと自分に出されたコップを手に取ってトイレに向かった。ジュースを吸ったティッシュを便器に放りこみ、コップとペットボトルのなかのジュースものこらず便器に捨てて水を流し、ペットボトルと空になったコップは水でひととおり洗い流した。

そして居間に取って返すと、空のコップをテーブルに置き、置いてあったコーラのペットボトルを手に取ってコップ半分まで注いだ。それからごみ箱を探って張東昇（ジャンドンション）が二つに割ったメモリーカードを拾いあげ、ジュースのペットボトルを手に取る。張り出したテラスの窓のまえに行って、外に目を走らせ下にだれもいないことを確かめたら、空のペットボトルと割れたメモリーカードをあわせて外に放り投げた。

ふたたび居間に戻り、リュックに隠しておいたもとの古いメモリーカードを取り出してカメラに挿しこむ。そしてナイフを拾いあげてトイレに入り、蛇口から水を流して、タオルを手に取るとナイフから懸命に血を落としていく。持ち手も含めひととおり洗いおわると、タオルにナイフをくるんで居間に戻って、張東昇（ジャンドンション）の身体から血を多少付け、ナイフの持ち手を丁浩（ディンハオ）の手に何度か握らせて、また取りもどすと、今度は張東昇（ジャンドンション）の手に握らせた。

その場に立って朱朝陽（ジューチャオヤン）は目を閉じ、歯を食いしばって、タオルごしにナイフを持ち、自分の胸と腕にいくつか傷を付けた。どれも浅い傷だがたちまち血は流れだして、薄いT

シャツを赤に染めた。

それが終わり、ナイフを丁浩(ディンハオ)の手のそばに落として、タオルもケーキも椅子もすべてひっくりかえし、床の上は一面ぐちゃぐちゃになった。深く息を吸いこみ、玄関まで行って錠を回したところで、ドアが開かないことに気づく。

観察すると、以前はなかったなにかが今日は錠に取りつけられ、そこに赤いランプの点が光っている。さっき張東昇(ジャンドンション)がなにかを押し、錠からがちゃりと音がしたのを思い出した。きっと開閉はリモコンで操作するのだろう。

テーブルのほうに来てあたりを調べると、テーブルの下にあったリモコンはすぐに見つかる。取ろうと手を伸ばしかけたが途中で止め、しばらく考えて手に取らないことにした。台所に行き、窓のところによじのぼって、窓を開けると外に向かい大声で叫んだ。「助けて、助けてよ、人殺しだ、助けて!」

75

助けを求める声を聞きつけた警備員が上を見ると、血まみれの子供が窓に寄りかかっているのが目に入り、大慌てで警察に通報した。

一方で、警備員の一団も階段を上がり助けに向かったが、家のドアは開かないことがわかり、ノックしても内側からの返答はまったくない。

最終的には警察が工具を使ってむりやりドアをこじ開け、なかが見えた瞬間、目のまえの光景に全員が唖然とした。

居間はどこも血だらけのさんざんに荒れた状態で、血だまりのなかに三人が倒れていた。一人は大人、二人は子供で、三人ともすでに息絶えていた。

それから台所で、さきほど助けを求めていた少年が見つかった。同じように血まみれで、こちらも何カ所も切り傷を負っていたが、死んでいるわけではなく気を失っていただけで、一同の手当てを受けてすぐに目を醒ました。それでももうろうとした状態で、口では意味のわからないことをもごもご話しており、警察は急いで病院に搬送するとともに、大量の人員を応援に送りこみ現場を封鎖した。

少年が病院に到着後、ひととおり検査した医者は、傷はどれも浅くて命に別状はなく、ショックを受けている以外に心配することはないと説明した。傷口には包帯を巻き、ひとまず入院させて注射を打ち、様子を見ることになった。

外で報せを受けた葉軍（イエジュン）は、盛世豪庭で重大事件が発生し、三人が死亡、生きていたのは一人だけと聞いたときには、今年の夏はおそろしく星まわりが悪いと感想が浮かんだ。そして唯一の生存者が朱朝陽（ジューチャオヤン）だと聞くと、朱永平（ジューヨンピン）の息子の朱朝陽（ジューチャオヤン）かとしつこく確認した。たちまちその目が光を放ち、胸のうちで思案する。はじめに朱晶晶（ジュージンジン）、そのあとが朱永平（ジューヨンピン）の夫婦、そして今日の三人が死んだ事件、三つの重要事件に朱朝陽（ジューチャオヤン）は関係しているのだ。

葉軍（イエジュン）が大急ぎで病院に駆けつけると、病院では個室が用意され、なかでは何人もの警官が朱朝陽（ジューチャオヤン）を囲んでいた。

両目を充血させ、そこかしこが血で汚れていて、いたるところに包帯を巻かれ、いまもしゃくり上げていたが、すでに涙は涸れ、ぼうっとした表情で力なくベッドに身体をあずけている。そばでは女の警官が気づかう言葉をかけながら、顔をぬぐい、水を飲ませてやっていた。

周りを囲む警官たちは、当人が口を開くときをじりじりと待っている。生存者はこの一人であり、なにが起こったのか知っている人間はほかにいないからだ。

たっぷり三十分が経ち、しだいに相手の精神状態が落ちつきはじめたのを見はからって、葉軍（イエジュン）は先頭を切って声をかけた。「気分はどうだ？　お母さんにも連絡させたから、仕事先から駆けつけてくれる。いま、話はできるか？」

口を開いた朱朝陽（ジューチャオヤン）は声を発しようとし、それからしばらく経ってやっと苦しそうに話しはじめた。絶望に覆われた表情だった。「人殺しが……あいつがぼくたちを殺そうとして、普普（プープー）はあいつに殺された、そう……あいつに殺されたんだ……普普（プープー）、耗子（ハオズー）、二人とも……二人とも死んで……」

「いったいなにがあった？」

「あいつが……ぼくたちを殺そうと」

「きみたちはどういう関係だったんだ。どうしてきみたちを殺そうとした？」

苦しげに息をしながら、口ごもりつつ話す。「ぼくたちは……あいつが人を殺すとこのビデオを持ってて、あいつが人を殺したのを知ってて、あいつは……ぼくたちの口を封じようとした、毒でぼくたちを殺したんです」

「毒？」眉間にしわを寄せ、いぶかしむ。「毒できみたちを殺そうとしたのか？」

「あいつは……毒を飲ませたんです、普普（プープー）も丁浩（ディンハオ）も、あいつに毒で殺されたんだ！」

「もう二人の子供は、男のほうが丁浩（ディンハオ）で、女が普普（プープー）か？」

だまってうなずく。

「殺人のビデオというのはどういうことなんだ？」

とぎれとぎれに話しつづける。「ぼくたちは……三名山（サンミン）に遊びにいって、カメラでビデオを撮ってたら、たまたま……あの人殺しが、義理のお父さんとお母さんを突き落とすところが撮れてたんです」

にわかに葉軍（イエジュン）の顔色が変わる。以前、厳良（イエンリアン）が訪ねてきたとき、張東昇（ジャンドンション）の義父母の死は事故ではないのではとおぼろげながら疑っていたことを思い出す。まさかほんとうに殺人だったというのか？

慌てて尋ねた。「ビデオはどこにあるんだ？」

「カメラに入ってます。カメラはあいつに渡して、家のなかにあります」

「そんな映像を持ってて、なんでいままで警察に言わなかった？」

「それは……それは……」口ごもり、苦しげに続けた。「できなかったんです、耗子（ハオズー）も普（プー）普（プー）もビデオに映ってて、警察に連れてかれるから」

眉をひそめる。「なんで警察がその二人を捕まえるんだ？」

「あの二人……孤児院から逃げてきてたんです、もう帰りたくなくて、でも……もう二人とも死んだんだ、こんなのぜったいにいやだ！」

葉軍（イエジュン）は困惑しきった顔だった。要領を得ず、のみこめない話をまえに、辛抱強く質問を続けるしかなかった。「そのビデオを持ってるというのは、どうしてあの男に知られることになったんだ？」

「ぼくたち……」そう言ってうつむく。「あのカメラをあいつに売って、お金にしようとしたんです」

警官たち全員が思わず声を失った。この三人の子供は、他人の犯罪の証拠を握りながら警察に知らせず、それどころか証拠を使って殺人犯を脅したと？

葉軍の質問は続く。「ということは今日、カメラを持ってあの男に会いにいったら、向こうは口封じを狙ってきたと」

ゆっくりとうなずく。

「それで、どうやってあの男は死ぬことになったんだ？　今日あの家でいったいなにがあったんだ」

朱朝陽の顔に恐怖の表情が浮かんだ。「あいつが……ぼくたちに毒を盛って、耗子も普普もやられて、ぼくたちは毒を盛られたって気づいたんです。それで……全員で抵抗したら、あいつが殺そうとしてきて、耗子がテーブルの下の段からナイフを出してきた。ぼくと普普が必死で抱きついて止めたのに、耗子は、あいつを……刺し殺したんです。それで、二人とも……毒で死んで、うっ……二人とも死んで……」胸が張りさけんばかりの様子で、みるまにまた声を上げて泣きだした。

張東昇が毒で殺人をたくらみ、その結果あの丁浩といういちばん身体の大きい少年に刺し殺された？　葉軍は内心愕然とした。

しばらく時間が経ち、また朱朝陽（ジューチャオヤン）が落ちつきはじめると、待ちかまえていた葉軍（イエジュン）は訊いた。「きみは毒にやられなかったのか？」

朱朝陽（ジューチャオヤン）は首を振る。「大丈夫でした」

「どんな毒の入れかただったんだ。ほかの二人が毒にやられて、きみは無事だったってのは」

しゃくり上げながら朱朝陽（ジューチャオヤン）は話した。「あいつはぼくたち全員にコーラを注いで、たぶんコーラに毒が入ってたんです。普普（プープー）も耗子（ハオズー）も飲んだあと、ぼくも一口飲んだところで、先月買った『高身長を目指す人に』って本に、炭酸はカルシウムの吸収に影響するから飲んじゃいけないって書いてあったのを思い出して。だから飲みこまないで、すぐトイレに行って吐いたんです。出てきたら耗子（ハオズー）と普普（プープー）がおなかを押さえて、おなかが痛いって言ってて、コーラに毒が入ってたって普普（プープー）が言いだしたら、あいつはすぐそこに立って笑ってました。怖くなって、急いで玄関に飛んでいって逃げようとしたら、ドアが開かなかったんです。ぼくがやられてないのに気づいて、あいつが捕まえにきました。耗子（ハオズー）がテーブルの下からナイフを出してあいつを道連れにしようとして、ぼくと普普（プープー）でいっしょになってしがみついたけど、あいつは刺し殺されました。でも耗子（ハオズー）も普普（プープー）もすぐに床に倒れちゃって、どんなに呼んでも動いてくれないんです、もう動くことはないんだ、うわぁっ……」

突然、ふたたび精神状態が限界に達したようだった。

身体にいくつも残る傷跡を見れば、今朝受けただろう心の奥底から震えるような恐怖は警官たちにもおおかた想像することはできた。そばにいた警官がすぐに肩を叩き、どうにか落ちつかせようとしたが、平静を取りもどすまでまたしばらくかかった。

今日起きたことをおおまかに理解した葉軍（イエジュン）は続けて訊く。「その丁浩（ディンハオ）と普普（プープー）の二人は、孤児院から逃げてきたんだったな？」

朱朝陽（ジューチャオヤン）はうなずく。

「どこの孤児院だ？」

「わからないけれど、北京の孤児院だって」

「北京の？」眉間にしわを寄せる。「じゃあ、その二人とはどんな関係だったんだ？」

唇を震わせながら答える。「あの二人はぼくのいちばんの友達だったんです。唯一の友達、唯一話ができる友達だった」

「どこで知りあったんだ」

「丁浩（ディンハオ）は小学校の友達で、普普（プープー）はその妹分で、二人でぼくに会いにきたんです」

「いつから顔を合わせてたんだ？」

「先月から」

「先月のいつだ？」

記憶をたどる様子だった。「夏休みが始まってすぐです。具体的にいつかは覚えてないけれど。日記を見ないとわかりません」

「日記？」

「毎日日記を付けてて、なんでもそこに書いてるんです。思い出せなくて——もう疲れたよ、おじさん、ぼくは寝たいのに、こんなとこにいたくない、帰りたい、帰りたいんだって！」またしても感情の抑えが利かなくなった様子で、何度かしゃくり上げると、咳きこんで顔を真っ赤にし、そのつぎにはいっさいの血の気の失せた蒼白な顔になる。重そうなまぶたといい、おそろしく疲れきっている様子だった。

警官たちはよく理解している。一人の少年が朝から恐ろしい状況を経験して、ここまで持ちこたえただけでも限界なのだ。

「葉さん、ひとまず休ませて、寝てもらいましょう。話はまた起きてからで」ほかの警官から声が上がる。

葉軍はうなずく。すべてのできごとのいきさつを早く明らかにしようと急いてはいたが、少年は心身ともに疲れている以上、このまま質問を続けるのは忍びなかった。

しっかりと朱朝陽の面倒を見て、ひとまず寝かせるように指示した。部屋を出ると一つの仕事を命じる。周春紅が駆けつけたら、家を案内させて朱朝陽が言っていた日記を手に入れること。毎日日記を付けていたというなら、その日記からこれまで起きたすべての経緯を知ることができるかもしれない。

76

夜、部下の刑事の一人が執務室に入ってきて言った。「葉さん、朱朝陽は病院で寝ているところで、何回か目を覚ましてはまた寝ています。ショックを受けてるのはたぶん間違いなくて、話を聞くのは明日になりそうですね。周春紅も病院で子供を見守ってます。家に案内してもらって、本棚から例の日記が見つかりました。机の上に朱朝陽が言ってた『高身長を目指す人に』というのもあったので、それも持ってきてます」

その二冊を手渡す。

一冊はとても薄い冊子で、印刷は粗く、表紙に〝秘策・高身長を目指す人に〟とでかでか書かれている。一目見ただけで内容はつぎはぎだらけの、子供だましのまともでない出版物だとわかる。朱朝陽があの歳で身長百五十センチに届いていないのを思えば、こういうものを買って読むのも納得がいった。

葉軍（イエジュン）がなかを開いて目を通してみると、数十ページしかない冊子だが幾度となく読みこまれているのがわかり、場所によっては教科書を相手にしているかのように印がつけられていて、朱朝陽（ジューチャオヤン）が本を読むときはそれが習慣になっているらしかった。そのうちの一つ、身長を伸ばすには炭酸飲料を飲んではいけないという項目には星印が付けられていた。

もう一冊はノートで、どのページも波打っているのは大量の文字が書きこまれているからだった。表紙にはペンの整った字で〝朱朝陽（ジューチャオヤン）の日記〟と大きく書いてあり、なかを開くとうっすらと紙の色がくすんでいて、ある程度時間が経っているようだった。最初の日記は去年の十二月から始まっていて、それからほとんど毎日記録が付けられている。内容は多種多様で、試験のこともあれば日常のあれこれを書いてあることもあり、学校でいやがらせを受けたことなどまで書きこまれている。長さはまちまちで、短いときは数言だけで終わるが長いと数千字におよび、それが半年以上続いて、最新の日記は昨日の夜に書かれたばかりだった。

はじめのほうに書かれた学校のこまごまとした事情に興味はなかったので、普普（プープー）と耗子（ハオズー）が現れてからの部分を探そうとしたとき、検死官の陳（チェン）と刑事隊の班長の一人が部屋に入ってきた。

急いでノートを下ろし、はやる心を抑えながら検死官に尋ねる。「現場の調査のほうはどうなった？」

「張東昇（ジャンドンション）はナイフで刺殺されていて、ナイフに付いていた指紋は、刺された当人と、あの丁浩（ディンハオ）という男子のものの二人ぶんだったよ。男子と女子の身体に外傷はなくて、どちらも毒殺だ。いまのところの判断では青酸化合物中毒だろうが、詳しくはさらに検査が必要だな。張東昇（ジャンドンション）の家からまだ隠しもった毒薬は見つかってないが、毒ってのはぜんぜんかさばらないから、おそらくなかなか見つからないところに隠してあるんだろう。部屋のすみずみまであらためて入念に探しまわるつもりだよ」どこか妙な表情をしている。「だがね、毒はまだ見つかってないが、ほかにたまたま見つけたものがあるんだ」

葉軍（イエジュン）は興味をそそられて視線を向ける。「なんだ？」

「テーブルに置いてあったカメラだが、聞いたとおり犯罪の光景が映った映像が入ってたんだ。映ってたのはあの三人の子供だが、そこから何十メートルか離れたところの張東昇（ジャンドンション）も映りこんでいて、はっきりと撮れていたよ――張東昇（ジャンドンション）はそこで、二人を崖から突き落としたんだ。七月三日のことで、その日張東昇（ジャンドンション）は義父母を連れて三名山に向かい、義父母はそのとき崖から落ちて死亡してる。景勝地区の派出所が作った報告書では事故ということになっていて、義父のほうがもとから高血圧で、山を登ったあと城壁に腰かけて写真を撮ろうとしたら偶然めまいを起こし、妻を道連れにして転落したと書いてあった。このビデオがなかったら、あれが事故でなくて殺人だったとはだれも信じないだろうし、それどころかたとえ張東昇（ジャンドンション）に目を付けたところで殺人だと証明する証拠はいっさいなかったんだが、三人の子供がそこを撮影していたとはね」

葉軍（イエジュン）はかすかに目を細くし、そして厳良（イエンリアン）のことを思い出していた。厳（イエン）先生は徐静（シュージン）が死んだあと訪ねてきて、ことによると単純な事故ではないかもしれないと疑いを口にしていた。いまは張東昇（ジャンドンション）が義父母を殺したと証明されたわけだが、となると徐静（シュージン）の件もおそらくこの男の仕業ではないのか。

その考えを陳（チェン）検死官がさえぎって、話を続ける。「もうすこしあるぞ、あんたが夢にも思わない話だ」

「なんだ？」

「張東昇（ジャンドンション）の家の棚から、かばんに入った朱永平（ジューヨンピン）と王瑶（ワンヤオ）の持ち物が見つかった」

葉軍（イエジュン）が目をみはる。「朱永平（ジューヨンピン）と王瑶（ワンヤオ）の持ち物がなんでそいつの家にある？　まさかあの二人も張東昇（ジャンドンション）に殺されて……」

陳（チェン）検死官が言う。「それは知らないが、張東昇（ジャンドンション）は朱永平（ジューヨンピン）の夫婦とはいっさい面識がないんだ、両者を結びつけるのは朱朝陽（ジューチャオヤン）だよ。あの子供はきっとこの件を知ってるはずなんだが、どうしていままで通報しなかったのか、ことによると……あの子供もどこかで関わってるのかもしれない。考えても恐ろしいな、あんたが自分で訊くんだ」

葉軍はきつく眉根を寄せ、ゆっくりとうなずく。

「それとだ、もっと仰天するぞ。朱晶晶の事件はまだ未解決だったな。当時便所の窓から採取できた指紋のなかから今日、丁浩と普普の指紋が両方含まれてたのがわかった。朱晶晶の口にあった陰毛は、丁浩のと繊維構造が似ていて、明日DNA鑑定に送ってみるつもりだ」

葉軍の表情は刃物で刻みつけられたようになる。

「朱朝陽って子供は、きっと山ほど秘密を隠してる。まだ目を覚まさないらしいが、目を覚ましても外に出さないほうがいいと思うぞ、あんたは訊きたいことが山ほどあるはずだ」

葉軍はその場に凍りついていた。

張東昇の義父母の殺害事件、朱晶晶の殺害事件、朱永平夫婦の殺害事件、この事件が今日、すべてつながりを持ったのだ。

横に立っていた刑事隊の班長が話を続けた。「現場の状況から、張東昇は今日、子供三人の口を封じようとしていたと考えられます。今日ドアを破って判明しましたが、ドアには電子錠がかかっていて、リモコンはテーブルの下にあったもので、朱朝陽（ジューチャオヤン）はドアを開けて逃げようとしたがどうしても開かず、台所の窓のところに立って助けを呼ぶしかなかったと話しています。発見されたナイフは手のこんだ作りで、目を付けて調べてみると、徐静（シュージン）の伯父がドイツに旅行に行ったとき、新築の家の魔除けにと航空便で送ってきたものでした。朱朝陽（ジューチャオヤン）の話では、あのとき丁浩（ディンハオ）はテーブルの下の段からナイフを手に取ったそうで、張東昇（ジャンドンション）がもともとナイフをテーブルの下に予備の策として隠しておいたんだと思います。毒で死ななかった場合はナイフで殺すつもりで、それが朱朝陽（ジューチャオヤン）を追いかけたときに丁浩（ディンハオ）にナイフを奪われ、全員でもみあいになった結果、自分のほうが反対に殺されてしまったと」

葉軍（イエジュン）がゆっくりとうなずく。「丁浩（ディンハオ）と普普（プープー）の二人の身元を大至急突きとめて、あそこにいた人間のつながりを完全に探り出すんだ。そうすれば、起きたことすべてのいきさつも完全に明らかになる」

二人が出ていって、一人部屋に残った葉軍（イエジュン）の内心では、さまざまな感情が入り乱れていた。現在の状況から考えて、朱朝陽（ジューチャオヤン）は朱晶晶（ジュージンジン）と、朱永平（ジューヨンピン）夫婦、二件の殺人について知っているはずだ。もしかすると……自身が事件に関わっているのかもしれない。

以前話を聞いたときなにも知らないと言ったのは、おそらく嘘だ。

まさか……まさかとは思うが……父親のことを殺したのか？

その考えが浮かんだ瞬間、思わず背筋がぞくりとした。

息を吸いこみ、目のまえの日記を開くと、丁浩（ディンハオ）と普普（プープー）、そして朱朝陽（ジューチャオヤン）が最初に顔を合わせた日の日記はすぐに見つかった。その日は七月二日、とても長い日記だった。

数ページ読みすすめて、全身が総毛立つのを感じた。

第二十一章　秘密

77

二日後、葉軍(イエジュン)は突然派出所を訪ねてきた厳良(イエンリアン)と出くわした。

「厳(イエン)先生？」

立ちあがった厳良(イエンリアン)の表情には、複雑な感情がにじんでいた。「葉(イエ)刑事、またお邪魔してしまったね。親戚から電話があって、張東昇(ジャンドンション)が殺されたが、家のなかではほかにも二人の無関係な子供が死んでいたと聞いたんだ。いったいなにが起きたのか、教えてはくれないかな？」

葉軍(イエジュン)はため息をつくと相手を自分の部屋に通し、茶を出して、ドアを閉めたあと抑えた声で言った。「厳(イエン)先生、あのときの推測は当たっていましたよ、徐静(シュージン)の一家は張東昇(ジャンドンション)に殺されたんです」

「ほんとうか」かろうじてそれだけ口にした。張東昇のことを疑いはしたが、そうではないことを、偶然であることを、自分の思いちがいであることを願っていた。自分の教え子がほんとうに殺人犯であることはみじんも望んでいなかった。

葉軍はため息を漏らす。「こっちで手に入れたカメラのなかに映像が記録されていて、張東昇が三名山で徐静の両親を突き落とすところがそっくり映っていたんです。そのあとで徐静を殺した件については、もう火葬されていて証拠は見つかりませんが、裏づけてくれる証人がいます」

厳良はつかのま黙りこみ、口を引きむすんだ。「張東昇は三日前に家で殺されて、ほかに二人の子供も命を落としたというが、それはどういうことなんだ？」

「いくつも事情が重なって、ひどく入り組んだ話です。九人が命を落としているんです」

九人が命を落としたと聞いて、思わず厳良もぞっとし顔色を変えた。

葉軍は続ける。「おれはある子供が書いた日記を持っています、これをぜんぶ読めば、なにが起こったのかわかりますよ」

日記をコピーした紙の束を厳良に渡して、自分はそのそばで煙草に火を点け、窓の外に目をやり物思いにふけった。

厳良は一ページ目を開く。最初の日記があった。

二〇一二年十二月八日　土曜日
日記を書いたらいつも、何日か続けてやめてしまう。許先生は、日記を作文だと思うなって言っていた。日記は自分が見るものだから長さなんて気にしないで、毎日の習慣だと思って、一日にわが身を三省すればぼくたちの一生の益になると。作文の力も短いあいだに上げられる。作文の点数がもう一段上がったら、ぼくは無敵だ。今度はぜったいに毎日続けて、習慣をつける。どんなに遅くなってもなにか書く。よし、今日はここまでだ。おやすみ、朱朝陽！

最後の一行を見た厳良は朱朝陽とはだれか訊き、日記を書いた本人だと知るとおもわず笑顔を浮かべた。筆跡と言葉づかいを見れば、日記の書き手はまだ幼いこともわかる。文章のそこかしこに無邪気さが漂っていた。

その続きを読んでいく。大部分はとりとめない日常の記録で、毎日家や学校で起きたこまごましたことや、周りに打ちあけていない内心が記されていた。

とはいえ継続は力なりで、朱朝陽という書き手は決意のとおり、それから毎日日記を続けていた。

文章の長さはまちまちで、時間の余裕に左右されているらしく、たとえば試験中の数日はたった数行、実力が発揮できますようになどと書いてあるだけ。年越しの時期には、〝今日は年越しの日だから書く気がしない。だけど、習慣づけるためにこうやって書いておく〟などとある日もあった。またかなり長い文章で数千字にまで達する日もあったが、だいたいは学校で金を巻きあげられたなど、いやな目に遭ったときだった。

文章のはしばしから厳良(イェンリァン)が得た情報は、この日記の書き手は中学二年生の男子で、勉強熱心で自制心が強く、ただし背は低くて、背が伸びないから好きになってくれる女子がいないのだとしじゅう気にしている。そして学校では、同級生からよくいやな思いをさせられているらしい。おそらくは内気な、集団になじめない子供なのだろう。日記には友達の名前はまったく出てこず、触れられている名前はほとんどいやな思い出と関わっていた。ほかに家庭のことに触れている日記もあり、両親は離婚し、自分は母親と暮らしていて、景勝地区で働く母親が帰ってくるのは数日おきで、ふだんは一人で過ごしているらしい。

ここまで読みおえるのに一時間強を費やしていた。厳良(イェンリァン)の読みかたは入念で、こんな歳になって中学生の生活を覗き見ることにどこか後ろめたさを自覚しつつ、自分の意識を数十年前に引きもどされたような気分になっていた。

あのころはいまとはなにもかも違っていた。子供たちが触れる世界もいまとは比べものにならないほど狭く、ただし変わらないのは、どの時代でも十数歳の少年は青春の悩みをかかえ、心の奥にさまざまな秘密や考えを隠していることだった。

日記に現れる朱朝陽（ジューチャオヤン）が勉学で優秀さを見せているのを読み、厳良（イエンリアン）はふと自分の中学時代を思い出した。中学生のときの自分も理系科目は万能だったが、あれは八十年代の初めのことで、社会全体の環境もそこまで勉学を重んじず、学校の女子たちは文系の生徒ばかりを好きになっていた。文学青年が受けていた時代で、自分のような理系の優等生はずいぶんと孤独だった。

ある意味で、厳良（イエンリアン）と朱朝陽（ジューチャオヤン）の孤独はこころなしか似ていた。

笑みを漏らし、思考を現実に引きもどして、七月二日のページを開いた。そのページから一日ごとの文章はあきらかにそれまでより長くなっていて、何日分か読みすすめるうちに厳良（イエンリアン）の表情も、さきほどまでのにこやかさからひどく厳粛なものに変わっていった。

78

二〇一三年七月二日　火曜日

いろんなことがあった。

今日、丁浩（ディンハオ）と妹分の普普（プープー）に会った。耗子（ハオズー）は小学校のときいちばん仲が良かった友達で、五年会っていなかったけれど、まえはおなじような身長だったのにいまはすごく背が高い。もし何年かまえに『高身長を目指す人に』を手に入れてたらきっとこんなことにはならなかった。ぼくはだめなことをたくさんしていた。とくに炭酸は飲んじゃだめだ、これからぜったいに飲んじゃいけない！

うちに何日か泊まりたいと言われてぼくは喜んだ、毎日一人はつまんないから。でもそのあとで、四年生のときは転校したんじゃなくて、親が二人とも殺人で処刑されて、おじいちゃんのところに行ったあと北京の孤児院に入れられたと聞かされた。普普（プープー）とは孤児院で知りあって、こっちも殺人犯の子供らしい。二人は孤児院から逃げてきたけれど、今朝、民政局の人に道端で捕まって、連れてかれる途中に車から逃げてうちを見つけたと話していた。

ぼくは二人がうちに泊まるのが心配になってきた。でも見てると悪いやつらじゃなくて、ぼくのものを盗ったりはしないはずだ。つぎは普普（プープー）の親の話になって、普普（プープー）の父さんは母さんと普普（プープー）の弟を殺して死刑になったって耗子（ハオズー）が言った。でも普普（プープー）は、父さんは警察に濡れ衣を着せられて、殺人のことはむりやり言わされたって言い張っていた。それで、ぼくはカメラを持ってるか訊かれた。来月は普普の父さんの命日で、写真を撮って燃やして届けたいらしい。

午後、父さんから電話がかかってきて呼ばれた。外に出たら二人が家のものを盗むんじゃないかって心配だったけど、ぼくが出かけるって聞いたら、二人は外で待ってると言ってくれた。

父さんはおじさんたちと賭けをやっていて、クソアマはあのチビと動物園に行っていた。でもちょっとしたらクソアマが戻ってきて、カメラの電池がなくなったから早く帰ってきたんだと言っていた。ぼくはうしろに隠れてたけどあいつに見つかって、だれなのってチビアマに訊かれて、父さんはチビアマの心の成長を気にして、方おじさんの甥っ子だって答えた。

それで方おじさんが、ぼくの服が古すぎるから父さんに服を買ってやれって言って、そしたらあのクソ二人もいけしゃあしゃあと付いてきた。行くまえに父さんは五千元くれて、あいつらには知らせるなって言われた。あいつらがいらなくなったカメラが目について、普普に写真を撮ってあげようと思って父さんにもらっていいか訊いたら、カメラのほうはすぐにぼくにくれた。店に行って靴を見はじめたと思ったら、チビアマが早く父さんをつぎの店に行かせようとして、父さんは呼ばれて行ってしまったし、チビアマはぼくに唾をかけてきた。きっとあの女が教えたんだ、今日のあいつらの顔は一生忘れない。

一人でバスで帰るしかなかった。そのときぼくはほんとにいくじなしで、バスのなかで泣いたりして、思い出したらすごく笑える。なんで泣くのか、自分でもなんだかわからない。

帰ってきたら、ぼくが泣いてたのに耗子（ハオズー）と普普（プープー）が気づいた。自分たちを泊めたのを後悔して、出ていってくれって言うんだと思ったらしい。誤解してほしくなくて、今日のことを二人に話した。普普（プープー）はすごく怒って、ぼくのためにチビアマに仕返ししてやるって言ってた。あいつを便器に放りこんで、しかも服を脱がせて便所に突っこんでいやってぐらい泣かせてやるんだって。ぼくは表に出なくてよくて、自分と耗子（ハオズー）でやると言ってた、そうしたらぼくは巻きこまれないから。でもあいつがどこの小学校に通ってるかぼくは知らなくて、よく考えれば現実的じゃないから、これで話は終わりだ。

ぼくらは一晩中話した。孤児院のしつけはものすごく厳しくて、外にも出られないとこだから逃げてきたらしい。逃げるまえに耗子（ハオズー）は院長の財布を盗んで四千いくらか手に入れたとかで、ぼくはあらためて怖くなってきた。五千元のことを二人に話してなくてよかった。

そしたら耗子（ハオズー）がしょっちゅう盗みをやってるのも知った。親が死んだあと、一人でおじいちゃんのところにいたときもよくものを盗んで、そのうちとうとう捕まってぶたれたら、その晩に石で他人(ひと)の店を壊しにいって、それでまた捕まって孤児院に送られた。店のおやじにはそのうち借りを返させてやる、いつかぶっつぶしてやると耗子(ハオズー)は言っていた。孤児院に入ってからも変わらなくて、しょっちゅう教導員たちのお金を盗んでゲームセンターに行っていたらしい。

耗子(ハオズー)は腕っぷしが自慢で、孤児院でもずっと負けなしだった。いつかその手の組の大物になるのが夢で、だから左腕には〝人王〟と彫って、人中(じんちゅう)の王を目指している。

普普(プープー)はお父さんが死んでから叔父さんの家で暮らしてたけど、ある日学校の子とけんかになった。その相手にお父さんの悪口を言われて殴りかかったんだけど、同じ日の夜にその子はため池でおぼれ死んでるのが見つかった。みんながその子は突き落とされたんだって言って、普普(プープー)は警察に連れていかれて、結局証拠がなくて解放されたけど、その相手の家の大人がしょっちゅうやってきて騒ぎたてたから、叔父さんの奥さんがもう預かりたくないと言って孤児院に送られたらしい。

それを聞いてぼくはすごく腹が立った。大人たちがそうやって濡れ衣を着せてくるなんて、あんまりにひどい。

なのに普普(プープー)は笑っていた。なにがおかしいのか訊いたら、首を振って、すこしすると突然言った。実は、その子は自分が突き落としたんだって。あいつにはそれがお似合いだったって。

ぼくは仰天した。こんなに小さい子が人を殺すだなんて、思いもしなかった。普普(プープー)はこっちの不安を見ぬいて、ぼくは友達で、友達に悪いことなんかしない、これからだれかにひどいことをされたときも、自分と耗子(ハオズー)が力になる、と言って落ちつかせてくれた。たぶんそのころは普普(プープー)も小さくて、ものがわかってなかったんだと思う。かわいそうな体験をしているんだし、いまではぼくの友達なんだから、この秘密は守ってあげるつもりだ。

いま二人は、ぼくの部屋で寝ている。母さんの部屋にはお金が置いてあるからぼくはそっちで寝る。今日の日記はいままででいちばん長くなった。こんなにたくさんのことが起きて心はざわざわしているし、話に付きあってくれるのはあの二人だけ、ぼくは二人をほんとうの友達だと思うから、なにがあってもうちのものは盗まないでいてほしい。

この日の日記を読みおえた厳良(イエンリアン)は静かに目を閉じた。目のまえには、内気で勉強熱心で、しかしたびたび不愉快な目に遭っている少年が、二人の〝問題少年〟と出会う情景が浮かんでいた。

一人は男性ホルモンの活発すぎる〝暴力少年〟、ふだんから盗みをし、裏社会の大物になりたがり、腕には〝人王〟と刻む腕っぷし自慢。一人はまだ小さいころから、けんかになった友達をため池に突き落として死なせた少女で、おそらくは成長の過程ゆえだろう、その歳から年齢を超えた成熟と翳（かげ）を抱え、警察の取り調べを受けてさえ人を突き落としたことを認めなかった。この少女の心の動きには、考えるだにおぞけが走った。

どちらも親が処刑され、片方は父親が警察に濡れ衣を着せられたのだと信じこんでいた二人の子供。特殊な成育環境によって、その心は正道からそれてしまったのだ。盗み、けんか、刺青、友達をため池に突き落とし、孤児院の院長の財布を盗み、孤児院から逃亡し、民政局から逃れた。中学生というとりわけ反発心の強くなる年代に、内気な少年が常識はずれの経験を持つ問題少年二人と出会った。厳良（イエンリアン）は、朱朝陽（ジューチャオヤン）のこの後の運命を案じずにはいられなかった。

79

二〇一三年七月三日　水曜日

ぼくは怖い。いったいどうすればいいかわからないのに、だれにも相談できない。

朝、ぼくは二人と三名山に写真を撮りにいって、山のうえで録画機能を使って遊んでいたら、すこし経ったころおじいさんとおばあさんが崖から落ちて、その娘婿の人が助けを呼んでいた。

午後家に戻って、カメラをパソコンにつないでさっきの映像を見たら、朝のあの二人は勝手に落ちたんじゃなく、あの娘婿に突き落とされたんだってわかった。

ぼくは急いで一一〇番に通報した。おばさんが出て、ぼくがほんのすこし話しはじめたところで、普普（プープー）がなにも言わずに電話を切ってしまった。通報しちゃいけないと言われて、映像には普普（プープー）と耗子（ハオズー）も映っているんだから、通報したら警察は映像のなかの人間を調べて、二人が孤児院から逃げてきたことも突きとめて、きっと向こうに送りかえされる、と説明された。そしたら一一〇番のおばさんがかけなおしてきたけど、かけまちがいだって普普（プープー）が嘘をついて、ぼくたちはひとしきり叱られた。

でも人の命がかかわってる大事なことなのに、通報しないで済ませられるわけがない。

もう何日かして、二人が出ていったら通報しにいこうと思う。でも、二人が見つかって孤児院に送りかえされたらぼくのことを恨んで、何年か経って孤児院を出たとき、仕返しに来るんじゃないかと心配になった。耗子（ハオズー）はけんかで負けなしだ。恨みは忘れない。

そしたら普普が、人殺しを見つけたいと言いだした。なんでか訊いたら、カメラをやつに売りつけて、金をゆすりとるんだと言った。二人はお金がなくて、暮らしていくのにそれなりのお金が必要で、あの人殺しはＢＭＷに乗っているのを見たからきっとお金持ちだろうし、お金が入ったらぼくにも分け前をあげるとも言われた。

さすがにどうかしてると思う。人殺しを脅すなんて。ぼくはそのお金をどうすればいいんだ？　校則だって破ったことがないのに、普普のせいで犯罪に引っぱりこまれる？　無理だ、ぼくはきっぱり否定した。でも耗子は良い考えだと思って、実行にも賛成していた。

ぼくがいくら言いきかせても聞いてくれない。

夜に書店で、またあのチビを連れた父さんに出くわしたけど、父さんはわざとぼくが見えないふりをしてきたからほんとうに頭に来た。普普が横で見ていて、カメラを人殺しに売るのにぼくが同意したら、自分と耗子がチビアマに仕返ししてあげる、どんな痛めつけかただっていい、と言われた。ぼくは同意しなかった。

ぼくはいまなんにもできない。二人は隣の部屋で寝ていて、考えるほど怖くなってくる。昨日二人を泊めたのをものすごく後悔している。

どうすればいいかわからない。通報したら何年かあとに耗子が仕返しに来るのが怖いし、通報しなかったら、まさか犯罪の証拠のカメラを一生持っておく？　人殺しを脅すなんてなおさら無理だ。

この日の日記に見入って、厳良（イエンリアン）はしばらく黙りこんだあとため息をついた。

文章はぎこちなく幼稚だが、日記の書き手、この朱朝陽（ジューチャオヤン）が当時抱えていた葛藤はそれでも感じとることができる。真面目な子供がこういう突然のできごとに出くわしたら、通報することを選ぶものだろう。だが孤児院から脱走した二人の問題少年は、送りかえされることを恐れて通報を拒否した。これはまだ理解できる。しかしそこで二人が思いついたのは殺人犯を脅迫することだ。その考え自体が、二人の子供の年齢をはるかに超えてしまっている。この後の朱朝陽（ジューチャオヤン）の運命がますます心配になってきた。

80

二〇一三年七月四日　木曜日

どうすればいいんだろう。これよりひどい一日なんてない。

また人殺しを脅すなんて二人が言いだすのがいやで、時間かせぎをしに少年宮（シャオニエンゴン）に連れていった。

到着すると、普普（プープー）がチビアマも少年宮に来ているのを見つけて、ぼくの仕返しをすると言いだした。そんなのはありえないと思った。少年宮は人がいくらでもいて、もしだれかがぼくを見ていて父さんに知らせたらひどいことになる。

でも大丈夫だと耗子（ハオズー）に言われた。自分たちがぜんぶ責任を取るから、ぼくは後ろからこっそり見ていればいいと。

二人が先に行って、ぼくはチビアマと出くわすのが怖くてかなり後ろから付いていった。普普（プープー）が、六階で習字を教わってたチビアマを見つけたから、ぼくは階段のところで待って、普普（プープー）と耗子（ハオズー）は便所のまえを固めて、あいつが一人で便所に出てきたら引っぱりこんでぶちのめすことになった。怪我をさせないか心配だったけど、大変なことにはならないって耗子（ハオズー）に言われた。

でも大変なことになった。二人がチビアマを便所に引っぱりこんで何分もしないとき、二人が飛び出してきて、ぼくを二階まで引っぱっていき、偶然チビアマが落ちてしまったと言われた。

そして詳しいことを聞かせてくれた。耗子（ハオズー）がチビアマを男子便所に引っぱりこんだら、向こうは悪口を言ってきて、唾を吐いてきて、耗子（ハオズー）は頭に来て、気持ち悪がらせるつもりで下の毛を抜いてあいつの口に突っこんだ。そしたら手を咬まれて血が出て、怒りまかせにチビアマを窓のところに持ちあげて突き落としたらしい。

なんで落としたりなんかしたんだってぼくはなじって、向こうも後悔していた。いま耗子(ハオズー)を責めたって無駄だって普普(プープー)が言って、もしチビアマが死んだらだれの仕業かはだれも知らないんだから、ぼくがまず下に行って死んでるか生きてるかを確かめて、自分たちは二階の窓のところに隠れてぼくの合図を見てる、と言われた。

下では人が多すぎて近づけなかったけど、結局チビアマが死んでたのは上からはっきり見えたから、もう行っていいと合図されて、下りてきた二人と裏口のところで集合した。

それで家に帰ったけど、だれもこのことは話題にしなかった。ぼくはすごく怖かった。殺したのはあの二人だけど、だったらぼくがやらせたってことにはならないのか？　でもそもそもぼくは死なせることなんてこれっぽっちも考えてなくて、せいぜい泣かせて気持ちがすっきりすればよかった。でもそうやって言って信じる人はいるか？　父さんがもし、あの二人とぼくが友達だって知ったらもうおしまいだ。

普普(プープー)がまた人殺しを脅す話をしはじめた。こんな大変なことがあったらもう寧(ニン)市にはいられない、大金をゆすりとったらべつの街に逃げていくらしい。これまでさんざん考えたけれど、その手以外にはない。もし二人が捕まったらぼくはなにを言ったって疑いは晴らせない。でもどうやってあいつを見つけるんだろう？　お金はうまく手に入るんだろうか？

心のなかがぐちゃぐちゃだ。

この日の日記を読んで、厳良（イエンリアン）の心は沈んだ。始まりは家庭の恨みが発端のただの仕返しで、そもそもは何発かぶって泣かせるだけだったのが、命が失われる事態に姿を変えてしまったのだ。

こんな事態になったのは、きっと丁浩（ディンハオ）と普普（プープー）が望むところでもなかっただろうが、陰毛を抜いて口に突っこむなどという吐き気を催す手口を、一人の中学生が思いついたと読んだときには強烈な抵抗感を覚えてしまった。

相手が負けを認めることも頭を下げることもせず、手に咬みついてきたぐらいのことで、怒りまかせに建物から突き落とすとは、丁浩（ディンハオ）の思考はさだめしおそろしく粗暴なのだろう。孤児院でけんか自慢だったのもうなずける。その性格はきっと、長きにわたって暴力で争いを解決するのを習慣にしてきたことで形成されたのだろう。

ことのあとに朱朝陽（ジューチャオヤン）が抱いていた恐れも理解できた。その場に付いていったのだから、もし二人が捕まったあと、自分が望んだのは朱晶晶（ジュージンジン）を泣かせることだけだったと話しても、おそらくだれも信じはしないし、父親はなおさら信じないだろう。

　日記の文章のはしばしからは、朱朝陽（ジューチャオヤン）は根本のところで父親の愛に飢え、おそろしく渇望している子供だというのがうかがえた。期待はことあるごとに失望に押しつぶされていて、朱晶晶（ジュージンジン）の事件の真相が明らかになったなら、これまでの少ないとはいえひとまず存在はしていた父親の愛に通じる扉は、永遠に閉ざされてしまう。それこそが朱朝陽（ジューチャオヤン）の恐れの根源だった。

　厳良（イエンリアン）は、この先を読みすすめることに恐れすら感じはじめていた。

81

二〇一三年七月五日　金曜日
あの人殺しは、車が寧市のナンバープレートだったことだけわかってる。でも寧市はこんなに広いのに、どうやったら見つけ出せるんだろうか。
　さんざん考えてても方法は思いうかばない。母さんはもう何日かしたら帰ってくるけど、そのとき耗子（ハオズー）と普普（プープー）はどこに行かせる？　そわそわしてしょうがない。二人が捕まるのがほんとに怖い。

二〇一三年七月六日　土曜日

人殺しがほんとに見つかった。いいのか悪いのかわからないけど。

朝、普普（プープー）たちと街を歩いていたら、東のほうの小さいスーパーで偶然あいつと出くわした。ぼくはどんな顔だったかもう覚えてなかったけど、普普（プープー）のほうが気づいた。車に乗りこむところだったから、普普（プープー）が駆けよって引きとめて、人を殺すのを見たと言った。その瞬間あいつがにらみつけてきて、ぼくはぎょっとしたけど、丁浩（ディンハオ）が、けんかなんて朝飯前だ、怖がるな、なにかあったら自分があいだに入る、と言ってくれた。あいつはたしかにぼくらに手は出してこなくて、一言吐きすてて出発しようとしたけど、普普（プープー）が忠告した。あいつが人を殺すビデオをぼくたちは持ってて、もしこのまま行ったら、すぐ警察に渡すと。あいつは動きを止めて、ぼくたちを見てきた。すごく怖かったけど、二人はどっちも落ちついてて、ぼくはカメラを取ってくるように言われた。

カメラを持ってきたぼくは、道ばたで電源を入れてあいつに見せた。あいつの顔は怒りで青くなって、場所を移してすこし話をしようと言われた。車に乗るまえ普普（プープー）は、カメラを持ってかえって隠しておくように言ってきた。カメラが手に入らなかったら向こうはぼくたちに手を出すわけにいかないけど、それがないとこっちは危ないから。

それで人殺しはぼくたちを喫茶店に連れていって、なにが目的なのか訊いてきた。カメラを売りたいと普普が言って、向こうがいくらか訊いてきて、ぼくたちは離れたところで相談した。耗子は三万と言ったけど、普普がぼくに一年暮らすのにいくらかかるか訊いてきて、一万ちょいだと答えたら、自分たちが大人になるまで、これから家を借りるぶんも含めて充分なお金を手に入れるためには、一人十万、合計で三十万だと普普は言った。多すぎて払ってくれない、とぼくは言って、ぼくのぶんはいらないからぜんぶ二人のものだと話した。普普は感謝してくれたけど、三十万というのは変えない。あいつのＢＭＷは何十万もするし、いまはあいつの命が懸かってるんだからって。

普普が三十万だと言ったら向こうはとたんに怒って、ぼくはすごく怖かったけど、普普と耗子はぜんぜん怖がってなかった。結局あいつは話をのんで、お金を集めるためにしばらく時間が必要だから、携帯の番号をぼくらに教えて、二日後にこっちから電話をかけることになった。

外に出たら、走れと普普が急かしてきて、通りを何本も走ってやっと休んだ。あいつに尾けられるのが心配だったんだ。耗子は、尾けてきてもべつにいいだろ、なにが怖いんだと言ったけど、普普はばかじゃないのと叱りとばした。あいつがぼくらの口を封じるつもりなら刃物を持ってるはずで、耗子（ハオズー）じゃ相手にならない。ぼくは、これからの交渉が危険じゃないのか心配だった。たしかに危ないと普普（プープー）も言ったけど、でもカメラがあいつの手に渡らないかぎり、向こうも手出しをする気は起きない。つぎはぼくたちのうちの二人が行って一人は残る、そうすれば向こうは二人に手出しする気は起きない。もう一人が通報できるからだ。

それはたしかな考えのように思えた。うまくいってくれるかな。

二〇一三年七月七日　日曜日

普普（プープー）は、明日は自分とぼくで行って、丁浩（ディンハオ）は家に残していこうと言った。あいつは身体は大きいけど頭は単純で、あきれるくらいすぐ見境がなくなるから。

そうだ、耗子（ハオズー）が見境なく動かなかったら、あのときはチビアマを殴って終わりで、死人なんて出なかったのに。二人が捕まるのが怖くてしょうがない。ぼくが仲間だって父さんに知られたら、きっとものすごくぼくを恨む。明日はなにもかもうまくいってほしい。三十万を手に入れれば、二人もべつのところでうまくやっていってくれるはず。

普普（プープー）はすごく賢い。ぼくより二つ下だけどなんでもわかってるような気がして、人殺しにはめられるのを防ぐ方法も、うまくお金を手に入れる方法も、考えたのは普普（プープー）だ。それにぼくによくしてくれる。たぶん身の上が似ているからだと思ってる。ぼくの父さんはチビアマをかわいがって、普普（プープー）のお母さんも弟をかわいがってた。

まえは友達はいなかったのにいまは二人友達がいる。一人はぼくのために戦ってくれるし、一人はすごくたくさん共通するところがある。

二〇一三年七月八日　月曜日

今日はあの人殺しの家に行った。たぶんこっちをだまくらかそうとしてたんだ、電話でカメラを持ってくるように言われたけど、こっちは言うとおりにはしなかった。お金が手に入ってからカメラを渡すようにすれば、こっちの安全は保証されると普普（プープー）が言った。あいつの家に行ったら、まだお金は準備できてないと言われた。お金がないのにカメラを持ってこさせるなんて、きっと変なことを考えてたんだ。

見るからにお金がありそうな家だったけど、本人は、入り婿だから自分のお金ではなくて、すぐにそんな大金は出せないけど、もうすこししたら手に入ると言っていた。

なんでお金はないのにカメラを持ってこさせようとしたのか、普普（プープー）が訊いた。ぼくたちがうまく隠していられないんじゃないかと心配だから、自分が持つことにして、さきにすこしだけお金を渡すと言われた。あれはきっと嘘をついてたと思う。

そしたら普普(プープー)がさきにいくらかお金を渡すように言ったけど、また話をのんでくれなくて、ぼくたちが無駄遣いして見つかったらいけないと言われた。家を借りるんだと言ったら、なんで家を借りるのかって訊かれたけど、普普(プープー)はなにひとつ話さなかった。そしたらあいつはどうしようもなくなって、それなりの生活費を渡してきて、空いてる家を持ってるからぼくたちが住んでいいと言ってきた。

普普(プープー)はそれをのんだ。ぼくはしっかりカメラを保管して、だれにも尾けられないように、あの人殺しにぼくの素性を知られないようにと言われた。ぼくとカメラになにもなければ、普普(プープー)と丁浩(ディンハオ)にもなにも起きない。普普(プープー)は用意周到だし、すごく用心深くて、自分たちの家のクローゼットのドアに糸を挟んどくのを思いついた。あとになって糸の場所が変わってたら、あいつが留守のあいだに入ってきて家探ししたってわかる。

結局これから、普普(プープー)と耗子(ハオズー)はあの人殺しの持ってる家に住む。ぼくは一人で怖がってる。とにかくなにごとも起きないでほしい。

二〇一三年七月九日　火曜日

今日は警察がやってきて、チビアマのことを訊かれたし、あの日ぼくが少年宮にいて、あいつの後ろを歩いてたことも知られてた。

もともとはどうやって答えればいいかまったくわかってなかったけど、普普がぼくに、もし警察が来たらチビアマになにがあったかは知らないって言い張るしかないし、あとを尾けてたことも認めちゃいけない、もし口をすべらしたら自分と丁浩が捕まる、と言ってきた。そうはいっても、ぼくは自分がこの件に関わってて、直接じゃないけどあのチビを死なせたって父さんに知られることのほうが気になってる。そんなのはいやすぎる。

警察には、少年宮には本を読みにいってて、あのチビとは一、二回しか会ったことがなくて、外で見かけたとしても顔は覚えてなかったって嘘をつくしかなかった。

警察が信じてくれたかわからないけど、ぼくは血を採られて、なにかに指を押しつけさせられた。そこにちょうど母さんが帰ってきて、ぼくが調べられてると気づいたら警察と言いあいになって、家に入って泣いてた。見ててつらかった。

こんなことさえなかったらどんなによかっただろう。あの日少年宮に行ったのを心から後悔してる。

午後に普普が会いに来て、この話をしたら、怖がらなくていい、ぼくが口をすべらさなかったら警察にはわからないと言われた。警察が普普と耗子に気づかないように、これからはぼくの家じゃなくて、毎日午後に新華書店で会う約束をした。

二〇一三年七月十日　水曜日

今日はクソアマがうちに来て、ぼくがチビアマを死なせたって言ってきて、しかも母さんにひどいけがをさせた。父さんはあのクソアマを守るために母さんにびんたまでしてきた。この恨みはしっかり書いておく。大学を出たらぜったいに、この借りはなにからなにまで返してやるぞ！

クソアマにはぜったいにぶっ殺してやるって言われた。やってみればいい、ぼくは怖くなんかない。普普（プープー）も近くで見てて、明日相談したいと言ってきた。

二〇一三年七月十一日　木曜日

普普（プープー）によると、丁浩（ディンハオ）もクソアマが母さんにけがをさせたのを聞いて、ぼくのためにかたき討ちをしてくれるつもりらしい。クソアマの家の玄関を見張って、一人で出てきたら襲いかかって叩きのめすっていうのはどうか、訊かれた。もちろんあいつのことはぶっとばしてやりたいけど、でも耗子（ハオズー）があいつを殴りにいってもし捕まったら、チビアマのことも気づかれてしまう。ここは我慢だろうと思った。

普普（プープー）も待ち伏せして殴るのは危険だと思っていた。ぼくとチビの一件のつながりをクソアマは知ってるのかと訊かれて、ぼくもいったいどこまで知られてるのかはわからないけど、でも昨日あいつが来たとき、ぼくが顔を見た瞬間に逃げだしたから、向こうの疑いはもっと強くなったかもしれないと言った。

もしこれからもあいつがつきまとってくるなら、殴って仕返しするんじゃなくて、べつのことを考えたほうがいいと普普（プープー）は言った。それで突然、もしあいつが死んだらぼくは嬉しいかと訊かれた。

その様子を見ているとぼくは怖くなってきて、なにをするつもりなんだと訊いた。もしあいつがこれからもつきまとうなら、もしかすると普普（プープー）と耗子（ハオズー）のことを突きとめるかもしれない、自分たちはなんとしても捕まるわけにいかない、と言われた。もしどうしようもなくなったら。ぼくの政治の教科書を読んだら、十四歳未満の子供は刑事責任を負わなくていいと書いてあったし、自分も耗子（ハオズー）も十四歳未満だ、と話していた。

ぼくは慌てて、そんなことを考えちゃいけないと言った。ぜったいに二人のことは話さない。ぼくが言わなかったら、チビアマを殺したのは二人だってだれも気づかない。ただの冗談だって普普（プープー）は言ってたし、ぼくも二人がほんとに大人を殺すことなんてできないと思う。

それと、あの人殺しが昨日二人の住んでる家にやってきて、出張に行くからしばらく交渉はできない、またあとでと言われたらしい。妙なことをたくらんでないといいけど。

七月十二日から七月二十六日にかけて、日記にはとくに大きなできごとは記されていなかった。朱朝陽は普普と毎日書店で顔を合わせ、書いてあることのだいたいはなんの本を読んだか、二人がなにを話したか程度のことだった。はじめの数日の日記はたった数言でほぼ終わりだったが、すこしずつ文章は長くなっていった。

読みすすめていくと、日記には朱朝陽の内心が漏れ出ていた。普普を好きになってしまったせいで、普普についての文章は特別詳しくなり、その日に普普がなんの本を読んでいたかまで一つひとつ記している。でも普普に気持ちを伝える勇気は出てこない。もしそれを伝えて、向こうが好きでなかったら、それから二人はきっと疎遠になってしまう。むしろ普普は耗子のことが好きなのではないかと心配していて、だとすると自分はこの気持ちを静かに胸のなかにしまっておくしかない。

しかし七月二十七日から、また新たな事態が起きていた。

82

二〇一三年七月二十七日　土曜日

クソアマの畜生が、あの淫売め！

あいつは人に命令してうんこをぶっかけてきた。母さんも景勝地区で働いてるときにやられたし、うちの玄関は赤のペンキまみれだった。葉(イエ)おじさんはあいつを捕まえにいくのに連れていってくれたけど、こんなことになってるのに父さんはクソアマを守って、みんなに責められてもあいつを守ってた！　しかもこれ以上騒ぎにするなと一万元を渡してきた。

ふん。父さんの心のなかじゃ、いちばん大事なのはあのクソアマで、ぼくは一万元にも負けるんだ。

父さんたちのことが憎い。死ぬほど憎んでる。

二〇一三年七月二十八日　日曜日

昨日の午後は耗子(ハオズー)が来た。普普(プープー)は買い物に行ってると言われた。耗子(ハオズー)が来たのは、前の日の夜にテレビで、あの人殺しの奥さんが死んで、あいつが病院で泣いてたのを見たって伝えにきたからだった。ニュースの話だと車を運転してるときに突然死したらしくて、あいつはそのあいだよそに出張に行ってた。普普(プープー)は、その奥さんはひとりでに死んだわけがない、きっとあいつに殺されたんだって言って、あいつに会いにいってよその場所からどうやって奥さんを殺したか聞き出して、こっちがなにかされるのを防ぐと言っていた。普（プー）普（プー）にあぶないことはさせたくないから、ぼくが行くことにした。

　今日ぼくが家に行ったら、あいつはいつまでたっても奥さんを殺したって認めなかった。そしたらベルを鳴らす人がいて、あいつはすごく慌ててぼくに生徒のふりをしろって言ってきたから、ぼくは教えてくれないかぎり嫌だと言った。あいつは自分が殺したと認めるはめになった。毒殺だ。毒をカプセルに入れておいて、そのカプセルを奥さんが毎日飲む美容サプリのカプセルのなかに入れる。そしたら飲みこんですぐに効きめは出なくて、すこし経ってカプセルが消化されたら毒が効いてくる。

　午後に普普（プープー）と会ったら、あいつが毒を使ったのならとくに心配はないと言っていた。ぼくたちが行くときは多くても二人で、カメラも持っていないんだからなにも起きやしない。ぼくが今朝、かわりに危険な話をしにいったのを普普（プープー）はすごく感謝してくれて、その笑顔を見て嬉しくなった。あの子はふだん、ほんとにめったに笑わない。すきを見て、耗子（ハオズー）のことが好きなのか訊いてみたら、ありえない、耗子（ハオズー）のことはお兄ちゃんとしか思ってないし、耗子（ハオズー）もあたしを妹としか思ってない、自分が好きなのは賢い人だと言われた。

　ぼくは賢い人のうちに入るんだろうか。

そのあと昨日のクソアマの話もしたら、どうしてやりたいか訊かれた。あいつにうんこをぶっかけてやりたいけど、いまはいい方法が思いつかない。自分がかならず手を考えると普普（プープー）は言ってくれた。

七月二十九日からの数日は大したことは起きず、朱朝陽（ジューチャオヤン）は毎日本屋で普普（プープー）と会い、王瑶（ワンヤオ）にどう仕返しするか相談していたが、結局うまい手は思いついていない。

二〇一三年八月六日　火曜日

父さんまでぼくを疑いはじめた。

うちにやってきて、五千元をくれて、これからはぼくを気にかけると言っていた。でもそのあと、チビアマのことを確認してきて、あの日あいつを尾けていたのか訊かれた。もちろんそんなことはないと言った。

そしたらクソアマが飛び出してきて、父さんの携帯を引ったくったから二人は殴りあいになりそうだった。あいつが携帯を触ったら、ぼくと父さんの会話が流れてきた。父さんは録音してた、ぼくから話を引き出そうとしてたんだ。

それでクソアマは、ぼくがやったんじゃないならだれかにやらせたんだ、深くかかわってるのは間違いない、ぜったいに人を使って調べて、とことん調べあげてやると言っていた。

もういやだ。こんな日々はいつ終わってくれるんだろう。

そして、あの人はもうぼくの父さんじゃない。あんな父さんはいらない。

二〇一三年八月七日　水曜日

父さんがぼくにまで探りを入れてることを普普（プープー）に話して、クソアマのことも言った。不安そうに聞いてるのがわかった。あいつが人を使って調べさせるのがいちばんの心配なんだ、それで普普（プープー）と耗子（ハオズー）のことを突きとめられたらもうおしまいだ。

父さんのことをどう思ってるか訊かれたから、ほんとのことを言ってやった。なんとも思ってない、もうあの人はぼくの父さんじゃない。クソアマがこんなにずっと騒ぎを起こしてるのにいつまでたっても味方でいる。あの二人にうんこをかけてやりたくてたまらない。

二人に一発仕返しする方法を考えると普普（プープー）は言ってくれた。

二〇一三年八月八日　木曜日

おじいちゃんの家にはもう行きたくなかったけど、父さんが父親らしくしなくても、ぼくは孫らしくしないとって母さんに言われた。それで朝、おじいちゃんのお見舞いに行った。もう一年以上ベッドに寝たきりになってて、来年までもたないだろうってみんなが言ってる。いやだ、いままでぼくによくしてくれたのに。おばあちゃんもどんどん年を取ってて、ぼくが働きはじめてから孝行はしてあげられるだろうか。

　父さんとクソアマのやったことをおばあちゃんは知ってて、父さんがやったことはいけないけど、いろいろがんじがらめになってるんだとも言われた。来週の水曜日はチビアマの誕生日で、あの二人は墓参りに行って、墓参りが終わったらいままで起きたことはぜんぶわきに置いて、ちゃんと新しい暮らしを始める。もう子供はぼく一人なんだからきっとよくしてくれる、と言っていた。ぼくは期待してない。おばあちゃんはいつも父さんの味方になって話す。父さんのやってきたことで、ぼくは徹底的に失望してる。

　午後、普普(プープー)と会っておばあちゃんが言ってたことを話したら、父さんがぼくによくしようと思ってもクソアマがじゃまするから、そんなことはありえないと言っていた。ぼくもそう思う。

　それと、どこに墓参りに行くのかも訊かれた。墓地は人がいないはずだから、その日に耗子(ハオズー)と行ってあの女にうんこをぶっかけるらしい。ぼくはうさ晴らしはしたかったけど、耗子（ハオズー）が捕まるのは心配だった。普普（プープー）は父さんが耗子（ハオズー）に追いつけるわけがない、安心していい、危ない橋は渡らないからと言っていた。

クソかけが成功しますように！

それからの数日も大したことは起きていない。朱朝陽（ジューチャオヤン）は十二日から学校の夏休みの補習に参加している。しかし十四日の日記を見て、また厳良（イエンリアン）は度肝を抜かれた。

二〇一三年八月十四日　水曜日

クソアマが死んだ。父さんも死んだ。なにをしてくれたんだ！　なんでこうなった！

夜自習から帰るとき、普普（プープー）に道で引きとめられて、二人が死んだと伝えられた。思わず、なんでうんこをかけるはずなのに死人が出るんだって訊きかえした。

普普（プープー）は謝ってきて、あれは嘘で、ほんとのことを話したらきっとぼくは反対するってわかってたと言われた。クソアマが人を使ってぼくを尾行させたら、いずれ普普（プープー）たちのことも突きとめられると不安になって、だから殺したらしい。あの人殺しをカメラの件で脅して、自分たちに協力して毒で人を殺すように説得したらしい！　もともとはクソアマだけ殺すつもりだったけど、墓地であいつは急に父さんまで毒で殺して、あとになって、二人とも殺さなかったらきっと足がつくと言ってきたと。

なんでこんなことになった？　こんな結果なんか望んでない！

どうすればいいんだ、父さんにはひどいことをされたけど、それでも父さんには違いないんだ！

派出所に行って二人のことを話す？

でも普普（プープー）が。普普（プープー）の身になにかあってほしくない、そんなのはつらすぎる。

ぼくは気づいた。あの人殺しは反対にぼくたちのことを脅してるんだ。こっちも人を殺したなら、もう向こうはカメラを怖がらなくていい。きっとそうだ！

あいつが憎い。死ぬほど憎い。

ぼくは自分のことも憎い。どうして。どうして！


それから数日の日記は短く、さまざまな内心の波乱が記されている。

二〇一三年八月十八日　日曜日
今日一人で墓地に行って、父さんとあの女が埋まってる場所を見てきた。
どんな気分か、言葉では言えない。一人はだれよりも死んでほしかった相手で、もう一人はぜったいに死んでほしくなかった人だ。

なんでこんな結末になったんだろう。

ぼくに明日はあるんだろうか。いまの暮らしがずっと続くんだろうか。

いずれ気づかれるんじゃないか？ もしここに二人埋まってるのがばれたら、どうすればいい？

自分のことで不安だし、耗子（ハオズー）のことも不安だし、普普（プープー）のことはもっと不安だ。

ぼくは墓のまえでひざまずいて、父さんがぼくを許してくれるのを願った。ぼくの考えてたことじゃないんだと。

二〇一三年八月二十一日　水曜日

とうとう父さんたちが見つかった。そのうち警察がうちに来るだろうけど、なんて話せばいい？ 正直に言うか、それとも普普（プープー）に教わったとおりの受け答えをするか。先週の水曜日は学校に行っていて、事件とは関係ないんだから、知らないとだけ答えれば大丈夫と言われた。

これ以上嘘なんてつきたくない。でも警察の人にぼくがほんとのことを言ったら、普普（プープー）も耗子（ハオズー）も捕まってしまう。二人に嫌な思いはさせられない。普普（プープー）の身になにか起きるのを黙って見ているなんて無理だ。

いったいどうすればいい？


それからの二日はほんの数言だけで、詳しい説明はなく、頭に浮かんだことが短く書いてあるだけだった。

二〇一三年八月二十四日　土曜日
夜に普普（プープー）が来て、あの人殺しにカメラを渡そうと言ってきた。いままでと違って人殺しとは言わないで、張（ジャン）おじさんと呼んでいた。張（ジャン）おじさんは最初に思ってたほど悪い人じゃなくて、そもそも先生なんだし、自分たちのことを気づかってくれるんだと言ってた。

張（ジャン）おじさんはあの小さい家を売って、その金で二人に新しい戸籍を用意して、新しい身元を作り、それから学校に行けるように手はずを整えて、新しいだれかにしてくれる。二人はもう、張（ジャン）おじさんと同じ家に住んでいる。

二人は新しい自分になれる。じゃあぼくはどうだろう。

ぜんぶきちんとけりがついてくれればいいけど。

何日かして家のことが落ちついたら、ぼくも行ってみんなで顔を合わせることになった。

過去の話はもうしない、それが全員の約束だ。

二〇一三年八月二十七日　火曜日

明日はカメラを張（ジャン）おじさんに渡しにいく。こんなものがすぐそばにあって、ぼくは毎日びくびくものだった。

もう警察の人たちも訪ねてこない。みんなだんだん父さんたちの話をしなくなってきてる。明日カメラを渡して、二人は新しい身元を手に入れて、ぼくも新しい暮らしを始める。もうすぐ学校の授業も始まって、なにもかもが新しく始まる。ぼくも、普普（プープー）も耗子（ハオズー）もそうだ。

ぼくは、なにもかも新たに生まれかわりたい。

83

厳良（イエンリアン）はまる三時間をかけて、日記をコピーした紙束を最後のページまで読みおえて、ゆっくりと目を閉じた。三人の子供たちの物語を知ったいま、胸元につかえるものを感じ、息が苦しくなっていた。

「厳(イエン)先生、この三人の子供と張東昇(ジャンドンション)に起きたようなことは、先生でも予想できなかったでしょう?」向かいに座った葉軍(イエジュン)がこちらを見ながら訊いてくる。

息を吐き、うなずいた。「張東昇(ジャンドンション)はどうやって死んでいたんだ?」

「最後の日記のつぎの日、つまり八月二十八日ですね、朱朝陽(ジューチャオヤン)はカメラを持って張東昇(ジャンドンション)の家に行き、カメラを渡すことになっていました。そのまえから、普普(プープー)と丁浩(ディンハオ)は張東昇(ジャンドンション)の家に住んでいたんです。三人の子供が全員そろって、カメラも手元にあるわけです」

厳良(イエンリアン)は口を引きむすび、ゆっくりと言う。「そして張東昇(ジャンドンション)には口封じをし、証拠を破棄する機会がめぐってきたと」

「はい、唯一生きのこった朱朝陽(ジューチャオヤン)は玄関から逃げようとしたが、ドアが開かなくて、台所の窓から助けを求めることになりました。警察がドアを破って入ったら、ドアにはリモコンで動く電子錠が追加で取りつけられていたのがわかったんです。調査の結果、その錠は張東昇(ジャンドンション)がすこしまえにネットで買って自分で設置していて、たぶん普普(プープー)と丁浩(ディンハオ)を住ませるまえに取りつけたんでしょう、人間とカメラがそろったその日に行動に出るためです。電子錠はリモコンでしか開錠しないから、張東昇(ジャンドンション)は襲いかかるのに機をうかがっていて、一網打尽にして、断じて一人たりとも逃がしはしないということでしょうな」

葉軍（イエジュン）の話は続く。「精神状態が落ちついてから朱朝陽（ジューチャオヤン）が話してくれたことだと、このとき張東昇（ジャンドンション）は何度もビデオの複製はないか訊いてきて、三人ともないとはっきり答えたらずいぶん喜んで、四人の新しい生活を祝おうと言い出したと。用意してあったケーキを出して、三人にはコーラを注いで、自分はワインを飲んでいたそうです。検死官の調べでわかりましたが、ケーキのほうはなんの問題もなく、問題なのはコーラで、三人のコップとペットボトルに残ったコーラからはすべて青酸カリが検出されてます。朱朝陽（ジューチャオヤン）の話から判断するに、徐静（シュージン）も知らないうちに青酸カリを飲んで死んだんでしょう。毎日飲んでいる美容サプリがあって、何年も飲みつづけていたそうで。張東昇（ジャンドンション）はそのカプセルに毒を仕込んで、そのあと麗水（リーシュイ）まで教育支援に行き、アリバイを作ったわけです。そして問題のカプセルを飲んだ日に徐静（シュージン）は毒で命を落として、まっさきに駆けつけて死体を火葬にしたものだから、やつの犯罪だと証明する証拠はまったく見つからなくなった。それと、朱永平（ジューヨンピン）と王瑶（ワンヤオ）の体内からも青酸カリが検出されてるんです。死体を目にしたときは相当な箇所を傷つけられていたものだから、ほんとうの死因が毒殺だったとはみじんも思わなかったんですが、張東昇（ジャンドンション）が毒で二人を殺したあと、刃物を使って事件の経緯をごまかしたんでしょう」

厳良（イエンリアン）は内心悲嘆に暮れていた。張東昇（ジャンドンション）はその綿密な思考をふさわしい場所ではなく、犯罪に利用してしまったのだ。つぎつぎと綿密に考えられた、なんの証拠も残さない犯罪を計画し、毎度警察の目を欺いて、初めから終わりまで疑わせることすらしなかった。並みの人間にはとうていできないことだ。

張東昇は一流の才気を犯罪という道に役立ててしまった。悲しく、嘆かわしいことだった。

かなりのあいだ黙りこんでいたが、思考をこの場に戻し、尋ねた。「普普と丁浩がコーラの毒で死んだなら、朱朝陽はなぜ無事だったんだ？」

「あの子が炭酸飲料を飲まないのを忘れてますね、あの『高身長を目指す人に』が命を救ったんです。家であの〝秘策〟の本を見つけたんですが、ただの雑な印刷のまともでない本なのに、あの子は身長のことをずいぶん気にして、そんな本を教科書みたいに書きこみだらけにしてました。運よくそんな項目が書いてあったせいで、コーラを一口飲んだあと炭酸を飲んじゃいけないことを思い出して、トイレに行って吐いて、用も足して戻ってきたら丁浩と普普に毒の効き目が出ているのが目に入ったと。張東昇はもう正体を現していて、危険を察した朱朝陽が玄関に逃げたのを追いかけたところを、その目を盗んで丁浩がテーブルの下の段のナイフを手にして、もみあいになったと。大人ではありますが三対一ですからね、結局普普と朱朝陽に押さえこまれて、丁浩に刺し殺されてしまった。

もみあいのあいだに朱朝陽（ジューチャオヤン）も多少傷を負いましたが、どれも運よく浅い傷で、でなかったら四人は全滅して、これまでのできごとの真相はきっと永遠に埋もれたままだったでしょうな」

厳良（イエンリアン）は眉をひそめ、鼻を鳴らす。「ここまで念入りな人間がね。これまでの事件では、彼の仕業だとわかっていても裏付ける証拠が見つからなかったんだ。彼にとっては完全な勝利が目前だったというのに、最後には九仞（きゅうじん）の功を一簣（いっき）に虧（か）く、殺そうとしていた子供に刺し殺されるとは、まったく皮肉なものだね」

「青酸カリは効き目が早いとはいっても、人が死ぬまえの馬鹿力というのはすさまじいもんです。まだ小さい相手が、死にぎわの悪あがきで向かってきて相討ちになるとは夢にも思わなかったんでしょう」

ため息を漏らす。「これで全体についておおむね調べがついたわけだ。朱朝陽（ジューチャオヤン）の扱いはどうなる予定なんだ？」

葉軍（イエジュン）は顔をしかめる。「いまのところ未定だが、そろそろ決まるでしょう。おおまかないきさつは市に報告を上げてあります。朝に、市の公安局と分局の幹部と、うちの所長とで会議がありました。公安局の馬（マー）局長の意見は教育面が軸で、朱晶晶（ジュージンジン）と朱永平（ジューヨンピン）夫婦、どっちの事件にも朱朝陽（ジューチャオヤン）は直接関わっていない、取りあげるべき問題は隠匿罪だと。これまで何度かの取り調べで、あの子はなにも知らないと嘘をついて、丁浩（ディンハオ）と夏月普（シャーユエプー）——普普（プープー）の本名です——をかばっていたわけです。ですが隠匿罪を犯したといっても、年齢と暮らしていた環境を考えれば同情の余地はあります。最初に丁浩（ディンハオ）が朱晶晶（ジュージンジン）を突き落としたとき、もし二人のことを表ざたにしたら、朱永平（ジューヨンピン）は息子のことをどんな目で見ますか？　そんなことは受けとめきれない重圧です。つぎに朱永平（ジューヨンピン）と王瑶（ワンヤオ）が殺されたときは、事前にはなにも知らなかったわけで、突然こんな大変な事態に出くわして子供が怖くならないわけがないでしょう、言い出せなかったのも当然です。公平に言って、大人だってこんな状況に置かれたらたぶん隠匿罪を犯すでしょうよ。

　根のところは真面目な子供です、学校では、ずっと全校一位の成績で、面倒を起こしたこともありません。丁浩（ディンハオ）と夏月普（シャーユエプー）と過ごすのを楽しんではいたが、この二人とは本質的に違っているんですよ。丁浩（ディンハオ）は暴れん坊で、夏月普（シャーユエプー）ときたら攻撃的でねじ曲がった性格です、この二人と二カ月過ごしてたんだから、知らず知らずのうちにある程度影響を受けてたんでしょう。だからこの子供一人に責任をすべて押しつけるわけにはいきません、家庭も、社会も問題なんです。それに馬（マー）局長が言ってましたが、隠匿罪が適用されるのは満十六歳からで、朱朝陽（ジューチャオヤン）はまだ十四歳まえだから、隠匿罪は適用されません。人を殺したとしても刑事責任を負う必要がないのに、隠匿罪だなんて話になりません。十四歳未満が刑法に触れる行為をした場合、通常の手順だと、軽い罪なら家庭に監督教育が任されて、重大事件の場合は管教所に移送されます。それで、管教所に送るわけにはいかないということで意見は一致しました。あそこは不良だらけで、あれだけ成績がいい子がそこに入ったら台無しになります。だからいまは周春紅（ジョウチュンホン）や学校と協議を進めて、これからどう教育していくか、あの子が負った心の傷をどう治療していくか相談中です。可能であれば、九月一日から普通に登校させて、それと秘密は守ってこれからの暮らしに影響しないようにできるといちばんなんですが」

厳良（イエンリアン）はほっとした様子でうなずいた。「警察の職務は悪人を捕まえるだけでなくて、人を救うことはさらに重要なんだ。それだけ気を配っているなら、その子もこれから立ちなおっていくだろうね」

もうひとしきりとどまったあと、立ちあがって辞去しようとする。「葉（イエ）刑事、特別に張東昇（ジャンドンション）の件を教えてくれて感謝するよ。わたしはもう失礼しよう。これからずいぶんと忙しくなるだろう？」

葉軍（イエジュン）は苦笑した。「仕方がありませんね、これだけの事件が一気に湧いて出てくるなんて、この派出所始まって以来ですから。徐静（シュージン）の一家の事件二件も、これまでは事故として処理されてたのをあらためて刑事事件として扱って、書類をいちから作らないといけないんですから。朱永平(ジューヨンピン)と王瑶(ワンヤオ)の死体が共同墓地で見つかったときはおおぜいが目撃していて、このあたりではかなりの騒ぎになったんで、捜査の結果を報告して後始末もしないといけない。朱朝陽(ジューチャオヤン)のほうも、保護者と学校と今後の教育方針を相談するんです」

「ははっ、たしかにご苦労だな」深く考えずに返し、部屋を出ていこうとしたところで、突然足を止め眉をひそめる。その場で数秒立ちつくしたあと、振りかえって尋ねた。「朱永平(ジューヨンピン)と王瑶(ワンヤオ)の死体が共同墓地で見つかったとき、おおぜいが目撃していたと言ったかな？」

「そうですよ」

「どういう見つかりかただったんだ？」

「その日は葬式の参列者が来ていて、一部が墓地をうろついていたら、穴のなかから足の裏が片方のぞいていて、それで通報したんです」

厳良(イエンリアン)の目頭に力がこもる。「足の裏が片方のぞいていた？」

「ええ、朱永平(ジューヨンピン)の足が片方だけ土の上に出てたんです、穴はまえから掘ってあった、あとで骨箱を入れるための場所で、だいたい幅が五十センチ、どちらかというと小さくて、人間を完全に埋めるには苦労する場所でした。だから足が片方出てたんですよ」

「ありえない」厳良(イエンリアン)はしきりに首を振った。「張東昇(ジャンドンション)は死体が見つかるのは遅いほうがいいと考えたはずだ。そのほうが警察が真相にたどり着きにくくなる。足の裏を地上に出していくはずがないよ、それではすぐに死体が見つかってしまう」

葉軍(イエジュン)は口をゆがめる。「でも、発見時はそうなっていたんです」

「調査のとき撮った写真を見せてくれないかな？」

それに応えて、葉軍(イエジュン)は朱永平(ジューヨンピン)と王瑶(ワンヤオ)の事件記録を出してきて手渡した。

なかをめくった厳良(イエンリアン)の顔色がしだいに曇っていき、一言漏らす。「この事件はおかしい」

「ええ？　なにがおかしいんです？」葉軍(イエジュン)は顔に困惑を浮かべる。

「朱永平(ジューヨンピン)と王瑶(ワンヤオ)は顔じゅう刃物で切りきざまれていたんだね？」

「ええ、張東昇(ジャンドンション)の仕業でしょう」

「身に着けていた服なんかもすべて持ち去られたんだね？」

「はい、なくなっていたものは張東昇(ジャンドンション)の家から見つかりました」

相手を見つめる。「張東昇(ジャンドンション)はどうして被害者の持ち物を奪って、顔を切りきざんでいったか、きみは考えなかったか？」

「それはもちろん身元をわからなくするためでしょうに、被害者が何者かすら警察が突きとめられなかったら、解決なんて夢のまた夢です」

厳良(イエンリアン)はうなずく。「そう、そのとおりだ、いずれ死体が発見されたとしても、顔も服装も確認できないせいで被害者の身元を確かめることすら難しくなり、解決の難度が大幅に上がるのを望んでいた。だが――」話を転換させ、あとを続ける。「死体を埋めたとき、どうして足を完全に埋めることすらしないで立ち去ったんだ。きみたちがずいぶん早く死体を見つけて、被害者の身元を突きとめてしまったじゃないか。死体をしっかり埋めもしないのなら、そのまえに顔をつぶして、被害者の所持品を持ち去ったことは無駄にならないか？　張東昇(ジャンドンション)はそれぐらい周到な人間だ、どの事件も完璧にやってのけたんだよ、足を埋めずに立ち去るなんてありえない」

　納得がいかない様子で答えが返ってくる。「たぶんそのとき、死体を処理する時間があんまりなかったんでしょう」

「彼が人を殺すなら、死体をどう処理するかまで考えるはずだよ、時間がないなかで適当に済ませて、急いで立ち去るなんてことはない。それに顔をつぶして、服と所持品を持ち去る時間はあったのに、最後に足の裏に土をかぶせるほどの時間もなかったのかい？　うっかり気づかなかったとは言わないでくれよ、そんなに目立つものを見落とす人間なんていない」

葉軍(イエジュン)は推測してみる。「ううん……雨に洗われたのかもしれませんよ、あの数日で何度か雷雨があったから」

「どれぐらい強い雨だった？」今年の夏の間じゅう、浙江省は亜熱帯高圧帯に覆われてほとんど雨は降っていなかった。

「ああ……大して強いというほどじゃないさ」

「よほど激しい土砂降りでないかぎり、足の裏が露出することはないですが」

葉軍（イエジュン）は困惑している。「厳（イエン）先生、それじゃあなにが言いたいんです？」

眉間に深くしわを刻み、立ちつくしたまま長いこと考えこんでいたが、複雑な目つきを葉軍（イエジュン）に向け、ゆっくりと言った。「ひょっとすると、何者かが足を掘り出したのかもしれない」

葉軍（イエジュン）の困惑はつのる。「どういうことですか。なんの話がしたいんです？　掘り出したのはだれなんですか、どうしてそんなことを？」

その疑問に取りあわないまま、何度かその場を行き来して、そのすえに抑えた声で一言言った。「この二カ月間に起きた事件について、わたしたちが知っている一連のいきさつはすべて、朱朝陽（ジューチャオヤン）の証言とさっきの日記に頼っているようだね」

「はい、あの……朱朝陽（ジューチャオヤン）が嘘を言ったと考えていると？」

厳良（イエンリアン）は断言を避けた。「むやみに疑うことはしたくない」

「ただの中学生が、あんな人数の警察官のまえで嘘をつけるはずがありませんって」

「まえに嘘をついただろう」

厳良(イエンリアン)はすこし考えこんで続ける。「彼の証言と、日記の内容について裏は取ったのかな？」

「もちろんです、事件記録をまとめるのに、随所の重要事項についてはまっさきに調査を始めていて、この二日でおおまかな結果は出てます」自信満々の様子で書類の束を出してくると、記された情報を確認しながら説明していく。「まずは夏月普(シャーユエプー)と丁浩(ディンハオ)です、身元は特定できていて、二人とも今年の四月に北京の××孤児院から脱走しています。孤児院に連絡を入れて、向こうの院長に二人のことを話したら裏づけが取れました。丁浩(ディンハオ)は孤児院でも腕っぷしが自慢で、教導員の財布を何度も盗んでゲームセンターに行き、何度もほかの子供を殴っていて、相手が年上のことまであったそうです。相手の歯を折ったことが二度、けがを負わせたのは三度で、指導にも従わず教導員にまで暴力を振るったとか。死体の左腕には〝人王〟と刺青が刻んであるのも確かめました。裏社会の大物、人中の王になろうとしてたんです。まえに住んでいたところの派出所の話だと、小さいころから盗みで捕まっていて、真夜中に他人の家のガラスを割ってまた派出所に突き出され、その後孤児院に送られたそうで。こんな暴れん坊は、しっかり矯正されないかぎり、外に出たあときっと社会に害をなすでしょうね。

丁浩に比べれば夏月普はずっとましに見えますが、実を言えば丁浩以上の悪で、丁浩の悪事もこいつの差し金なんです。昔から変わり者で、ふだんなかなか口をきかなかったんですが、根本のところには歳に似合わない闇を抱えてました。孤児院に来たばかりのとき、父親は警察に濡れ衣を着せられて処刑されたんだと話していて、これが性格の攻撃的な面を作ったんでしょう。丁浩と知りあってからは兄妹分だと呼びあって、夏月普がなにか言われるたびに丁浩が相手を叩きのめしていたようです。女子と言いあいになったときは、丁浩は女子を殴ってませんが、何日かあとにその夏月普に恨まれた相手は、自分の茶碗に大便が盛られてるのを見つけて、それでも夏月普は認めませんでした。そのうち、孤児院のなかでもこの二人だけ孤立した一党として動くようになって、ほかとの交流もなく、周りの子供たちも恨みを買うのを恐れてました。二人ともしょっちゅう懲罰室に閉じこめられてて、きっとそのせいで脱走を思いたったんでしょう。脱走のまえにも院長の財布を盗んでいってます」

厳良は悩みながら言う。「では……夏月普の父親が、冤罪で処刑されたというのはほんとうなのか？」

葉軍は肩をすくめる。「ほかの土地の大昔の事件だから、だれにもわかりませんがね。

でもおれの見たところでは、丁浩(ディンハオ)の暴力はまだ抑えようがあるが、夏月普(シャーユエプー)みたいな子供こそ大人になってからが怖いんです。まえに住んでいた場所の派出所に連絡を取ってみたら、こいつが七歳のときに学校の友達をため池に突き落として死なせたという件は裏づけが取れました。そのとき夏月普(シャーユエプー)は認めようとしなかったし、警察も証拠を見つけられなかったうえ、まだ幼いということでうやむやになったんです。朱朝陽(ジューチャオヤン)の日記に、自分が突き落としたと認めたと書いてあったでしょう。小さいときからそうなんです、胸の奥にどんなものを隠していたのやら」

厳良(イエンリアン)は不服げに首を振る。「それでも子供たちを責めるものじゃない、家庭にも、社会にも責任はあるんだ」

軽蔑の口ぶりで返す。「同じような家庭の子供は孤児院にもいくらでもいるのに、そのおおかたは何事もなく暮らして、堅実に成長してるんですよ。犯罪をなにもかも環境のせいにはできないってことでしょう、それよりも正道を歩く心を自分で捨てちまうのがいけないんです」

葉軍(イエジュン)のように日々犯罪者を捕らえている現場の刑事と、自分のようなインテリでは犯罪への寛容さが違うことも厳良(イエンリアン)は察していて、反論しようとはしなかった。軽く首を振っただけで、話を続ける。「ほかには？」

葉軍が話しはじめる。「できごとの順序どおりに話していきましょう、七月二日当日、朱永平は複数の仲間とトランプ遊びをしていて、その日朱朝陽が工場にやってきて王瑶とその娘に出くわし、朱永平が自分のことをおじさんと呼ばせていたってのは全員から証言があります。これが心の奥の憎しみの種になって、少年宮で朱晶晶を追いかけて仕返ししようという考えが生まれ、偶然悲劇を招いてしまったんでしょうな。三日の午後、映像で張東昇の殺人を目にしたあと、通報することを選んだって話ですが、通報窓口の録音で確認できました。朱朝陽がちょうど話しはじめたところで電話が切れて、窓口の補助員がかけなおすと今度は夏月普が出て、かけ間違いだったと言ってます。四日、朱晶晶が襲われた男子便所の窓で採取された指紋からは、丁浩と夏月普のものが見つかってます。朱晶晶の口内の陰毛と皮膚片から採取されたDNAも丁浩と完全に一致して、殺したのは丁浩だと証明されてます。そのあと王瑶が何度も朱朝陽の家に押しかけていったのは、毎回おれが通報を受けて処理してます。起きたことはすべて、日記の文章と完全に一致してるんですよ」

「では……」迷いながら言う。「日記に書かれたできごとの時間は、すべて突きあわせてあるのか？」

「まったく問題ありません、新華書店の監視カメラまで取り寄せましたが、毎日午後、夏月普（ユエプー）が朱朝陽（ジューチャオヤン）と会ってたのが確認できました」

葉軍（イエジュン）は続ける。「最後の日のことですが、張東昇（ジャンドンション）の家をさんざん探してやっと毒薬を発見しました。あいつは毒をラップに包んで、トイレの粉末洗剤の容器のいちばん底に突っこんでたんです。ものが少ない家で助かりましたが、そうでなかったらとてつもない苦労でしたよ。入手元はなかなか調べられるものではなくて、買ったとすると裏市場の毒物の取引まで手は突っこめませんし、自分で合成したのかもしれない。教師の立場を利用して、学校から化学薬品を持ち出すのは簡単ですから」

しばし考えこんでいた厳良（イエンリアン）が唐突に訊く。「張東昇（ジャンドンション）を死なせたナイフだが、彼の家にあったものかは調べたかな？」

不審げに見かえしながらも答える。「本人ので間違いありませんよ。手のこんだ作りだから突きとめられましたが、ナイフは徐静（シュージン）の伯父がドイツ旅行に行って航空便で送ってきたもので、二人の新築の家の魔除けに贈られたんです」

「ああ……」なにか気になっていることがある様子でうなずく。

葉軍（イエジュン）はいぶかしむ。「厳（イエン）先生、いったい何を疑ってるんです？」

しばし逡巡したあと、ゆっくりと話しだした。「朱永平（ジューヨンピン）の死体の片足が土の上に出ていたのは、決して張東昇（ジャンドンション）の注意不足ではなかったとわたしは思うんだ。なにもかも完璧にこなしつつ、そんな初歩的なミスをすることはありえない」

「あの……それはつまり……」

厳良(イエンリアン)は口を引きむすぶ。「下劣な推測が頭に浮かんでいるんだ。露出していた片足は、朱朝陽(ジューチャオヤン)が掘りかえしたのではないかと」

「あの子が……ああ、思い出しましたよ、日記に書いてあった。朱永平(ジューヨンピン)の夫婦が死んだあとの日曜日、共同墓地に行ってましたね。もしかすると父親の遺体を見たくなって、掘り出して顔を合わせたあと、埋めもどしたら足が片方外に出てしまったのかもしれない。でなかったら、あんなに早く発見はされなかったでしょうな」

「しかし日記には墓地に行ったとだけあって、死体に触れたとは書いていないが」

「ドキュメンタリー映画を作ってるんじゃないんだから、毎日の一挙一動を記録する必要はないでしょうに。長々書いてある日もあれば、ほんのちょっぴりしか書いてない日もあるんです」

厳良(イエンリアン)が口を開く。「彼はもう自宅に戻っているのかな？」

「はい、昨日の夜には家に帰って、休んでもらってます」

「電話をかけてくれないか？」

「なにが訊きたいんです？」

「このことだよ、死体を掘りかえしたかどうか」

「それがそんなに大事なんですか？」葉軍（イエジュン）は当惑しきっている。

力強くうなずいた。「とても大事だ」

84

葉軍（イエジュン）はスピーカーボタンを押して、朱朝陽（ジューチャオヤン）の家に電話をかけた。電話を取ったのは周（ジョウ）春紅（チュンホン）だったが、息子に確認しないといけないことがあると伝える。電話に出た朱朝陽（ジューチャオヤン）に、葉軍（イエジュン）は質問を口にした。

電話の向こうではしばらく沈黙が流れたあと、答えが返ってくる。「ぼく……土をどけて、足が見えて、それで……怖くなったんです」

何も言わず電話のまえに歩いてきた厳良（イエンリアン）が尋ねる。「どうして土をどけたんだ？」

「一度……見てみたくて」

「では、その日墓地に行った理由は？」

「ぼく……最後に一度、顔を見たくて……父さんの顔を」

「それ以外に、ほかの目的はあったかな？」

厳 良は有無を言わさない口ぶりで尋ね、葉軍がとがめるような視線を向けてくる。言いたいことは明らかだ。心に傷を負った子供に、そんな問いつめかたをするのかと。

電話の向こうではふたたび沈黙が流れ、答えが返ってくる。「ありません。最後に一度、顔を見たかったんです」そして聞こえてきたのは泣き声だった。

そこに周 春 紅が電話を代わり、息子は気持ちが落ちつかないのだと説明した。ほかに訊く必要のあることがあったら、直接訪ねてくれたほうがもうすこし話がしやすいということだった。

電話を切ると、葉軍はあきれ半分に笑い、責めるような顔で厳 良を見る。

少々きまり悪そうに首を振って、厳 良は言う。「彼の答えは付け入る隙がないよ、疑いをかける理由はまったく思いつかない」

葉軍が文句をこぼす。「いったいなにを疑ってるんです？」

自嘲するように笑った。「下劣な考えが浮かんでいるんだ、大人の下劣な考えだよ。事態が今に至るまでに、これだけの人命が失われている。だが最終的に最大の利益を手にしたのはだれか、考えてみなさい」

葉軍は困惑した。「だれです？」

厳良（イエンリアン）が答える。「朱朝陽（ジューチャオヤン）だよ。朱永平（ジューヨンピン）が死んで、そうとうな額の遺産が分配されるはずだ」

「でも朱永平（ジューヨンピン）を殺したのは朱朝陽（ジューチャオヤン）ではないし、父親に死んでほしいとは思ってなかったんですよ」

答えを返す。「どう心で思っていたとしても、財産については最終的に彼が最大の利益を手にしたんだ。それは間違いない」

「でもそれが、死体の足が見えていたかどうかとどう関係するんです？」

厳良（イエンリアン）は言う。「もし土の上に足の裏が見えていなかったら、もしかするといまでも朱永平（ジューヨンピン）の死体は見つかっていないかもしれない、そうだろう？」

葉軍（イエジュン）は思案し、うなずいた。「墓地なんてふだん行く人間はほとんどいないから、あんな上の場所の穴だったら、いつか新しい墓を作るときまで死体は見つからないかもしれませんね」

「そうなった場合、朱永平（ジューヨンピン）夫妻は失踪状態になるだけで、死亡したことにはならない。死亡証明書がないのに財産を分けられると思うかな？　しばらく経っても経営者が失踪したままだったら、だれかが工場を切りまわさないといけない、それで王瑶（ワンヤオ）の家族が工場を引きついだなら、朱朝陽（ジューチャオヤン）は財産を手にいれられるか？」その目は鋭い光を放ち、真剣な顔で続ける。「だから、朱永平（ジューヨンピン）の足は土から出ていないといけない、死体は早く見つからないといけない、でないと死亡の届け出ができないんだ。でないと、朱朝陽（ジューチャオヤン）は財産を受けとれないんだ」

厳良（イエンリアン）の推論を聞かされたとたん、葉軍（イエジュン）は目を見開いた。「それなら、父親が殺されたのを朱朝陽（ジューチャオヤン）が知って、日曜日に墓地に行って足を掘りかえしたのは、自分が財産を受けとれるように、早く死体を見つけさせるためだったって疑ってるんですか？」

厳良（イエンリアン）はうなずく。

葉軍（イエジュン）は即座に何度も首を振る。「ありえないでしょう、中学生の子供がそんなことまで考えないでしょう？」

両手を広げて答える。「わたしも根拠なく推測しているだけだよ、人が心のなかでどう考えているか、知るすべはないんだ」

「でもほんとうにそんなことを考えていたとして、なんになるんですか。だれだって金は欲しいんです。父親を殺したわけじゃないし、死んでしまったのを知ったら、事実は変えられないんだから、その先の利益を最大にすることを考えはじめるしかないでしょうに」

首を振る。「いや、もしそう考えていたなら、事件全体の位置づけが間違っていたことになる」

聞く側は困惑していた。「どう間違ってたんです？」

「きみたちは彼について隠匿罪を考えていたわけだが、もし足を掘りかえしたのが、たんに最後に一度顔を見たかったというだけでなくて、死体を早く見つけさせて死亡を記録させ、遺産を手にいれるためだったなら——彼が関わっているのは隠匿罪ではなくて、殺人罪になるんだよ！」

葉軍（イエジュン）は笑いだした。「厳（イエン）先生、そればっかりは勘ちがいですよ、時間の順序が逆になってます。朱永平（ジューヨンピン）の夫婦が殺されたあとになって、朱朝陽（ジューチャオヤン）は墓に行ったんです。もしほんとにそう考えてたんだとしても、やっぱり朱永平（ジューヨンピン）が死んだあとになって、財産を手に入れようと考えたんです。財産を手に入れようと考えたから、朱永平（ジューヨンピン）の夫婦が殺されたんじゃないんですよ」

厳良（イエンリアン）は言う。「日記は自分が読むためのものだから、考えたことは区別を付けずに、ありのままに書きとめるものだろう。かりに足を掘りかえした理由が死亡を記録させて遺産相続を受けることだとして、しかし日記にはその考えが書かれていない、つまり、日記のなかで彼はほんとうの考えを隠しているんだ。それはつまり、この日記はそもそも自分が読むものではない——警察に読ませるために書かれたんだ」

その瞬間、葉軍（イエジュン）はふたたび目をみはった。耳にした言葉に、全身の肌が粟だった。

厳良（イエンリアン）の話が続く。「この日記には、二つ疑問点がある。一つはあまりに詳細すぎることだよ、この一件の流れに接したことがないわたしが、この日記を読んだら登場する人物の関係も、一連の事態の経過も残さずのみこめた。事件と関係している情報がほぼすべて書きこまれているんだ。二つ目は、ふだんは起きたことがここまで詳細に記録してあるのに、朱永平（ジューヨンピン）の死体が発見されてからの数日の日記は、だいたいがほんのすこしの分量で、遺産分割のことは一言だけ、ぞんざいに触れてあるだけだ。すこしばかり簡略に感じるんだよ。現在の状況で遺産分割が行われれば、主導権は朱（ジュー）家の側にあるはずで、きっと王（ワン）家よりも多く遺産が手に入るんだろう。具体的にどう分けるか、どれだけの遺産が入ってくるか、どうして書いていないんだろうね？ さらに下劣な推測をするなら、もし実際のことを記したら、財産について規定を外れた手続きがあったと、警察組織に嗅ぎつけられるのを恐れたんじゃないかな」

息を吸いこみ、話を続ける。「そのほかにも二つ、理屈でなく怪しいと思う点があるんだ。一つは、九人もの命が失われて、そのつながりの中心に朱朝陽（ジューチャオヤン）がいるのに、どれとも彼は直接関係していない、これはどうも不思議に思えるんだ。二つ目は、張東昇（ジャンドンション）ほど周到な人間が、最後の成功のまぎわで、毒を飲ませた相手に唐突に刺し殺されたことだよ。とはいっても、はたから見ているきみたちからすればごく当然なんだろう。でもわたしは張東昇（ジャンドンション）を知っているから、とうてい想像がつかないんだ」

葉軍（イエジュン）はうつむいてしばらく思案したあと、言った。「それはつまり、朱朝陽（ジューチャオヤン）の日記はあとで警察に見せるためにわざと書いておいたんだと言うんですか？」

「ただの推測だよ、とても下劣な推測だ。いまとなっては関係者は全員死んでいるんだ、彼が言ったこと、日記に書いたことが、唯一の答えになる」

コピーした日記を手に取って目を通し、首を振った。「ありえません、日記がまがいもののはずがないですよ。ここを見てください、普普（プープー）がクローゼットのドアに糸を挟むことを思いついて、留守中に張東昇（ジャンドンション）が家探しに入ってこないか察知しようとしたと書いてある。頭で作った話だったら、こんなに細かいことは書けませんって。似たようなところは日記に山ほどあります。経験してるからこういう細かい事まで書けるんです、頭で作った話で、ここまで詳細に作りこむのは無理ですよ」

葉軍（イエジュン）からの疑問に対し、厳良（イエンリアン）は反論できないと身振りで示した。頭のなかで考えた物語なら細部をここまで充実させられないのは確かだからだ。

葉軍（イエジュン）はひどくきっぱりと言った。「いま聞いたような疑問も、ぜんぶ推測でしかなくて、証拠にはなりませんよ。日記が偽物のはずがないんです。朱朝陽（ジューチャオヤン）に予知能力があって、この結末をさきに知っていたんでないかぎりはね。張東昇（ジャンドンション）が自分たち三人に毒を盛ることを知ってて、張東昇が毒をコーラに入れることを知ってたから、コーラを飲まなかった。張東昇が最後に丁浩に刺し殺されることを知ってて、丁浩と夏月普が最後にはどちらも毒で死んで、自分一人が生きのこると知ってた。でないと、一人でも生きのこれば日記が事実と違うと見ぬかれますからね。神仙でもないのに、結末を事前に知っていられたと思いますか？　張東昇の話で言うなら、子供三人の口を封じるためにコーラに毒を入れたんだから、事前に朱朝陽に知らせるわけがないでしょう？」

厳良は静かにうなずく。「きみの言うことは正しいよ。わたしもありえそうな説明は一つも思いつかない、すくなくとも、張東昇がコーラに毒を入れることは、事前に子供たちに知られていたはずがないからね。だからこれも推測でしかない。わたしは、張東昇が死体を処理したのなら、足の裏が土の上に出ているなんて初歩的なミスを犯すはずがないと確信している。だからきみから電話をかけてもらった。もし朱朝陽が否定したら、わたしは彼に疑いを持っただろうね。しかし自分が土を掘りかえしたと認められたら、論理的に、わたしは彼に疑いを持つ理由が見つからない」

それを聞いて葉軍は安心する。ついさっき、厳良が日記すべてをまがいもので、警察のためだけに書かれたと疑っていると聞いたときには自分も仰天したのだ。一人の子供がそこまでの策をめぐらせていたなら、どれほど恐ろしいことか。

厳良(イエンリアン)が言った。「あの日記の原本を持っているのは派出所かな、それとも朱朝陽(ジューチャオヤン)に返したのかい？」

「派出所で保管してます。あれも物証で、朱朝陽(ジューチャオヤン)本人の意見も確認したけれど、こちらに預けるのに同意してくれましたよ」

「それなら、一度見せてもらってもかまわないかな？」

そう言われて困惑する。「実物を見てどうするんです、コピーでもまったく同じですよ」

きまり悪げに笑う。「すこし見てみたいだけなんだ」

葉軍(イエジュン)は答える。「いいでしょう、重大な物証ってわけでもないんだ、見たいなら好きにしてください」

電話をかけると、すぐに補助員が朱朝陽(ジューチャオヤン)の日記を持ってきた。

受けとって厳良(イエンリアン)は眺める。使いこまれたノートで、もともとは大して厚くなかったのが、文字がびっしり書きこまれているせいでばさばさとふくらんでいるようだ。何ページか開いてみると、字を間違えている箇所や塗りつぶされた箇所が目に入ったが、コピーとまったく同じで、なんの変哲もない日記のように見えた。

背を向けながら、自分の小さな動きがたてる音を隠そうと、わざと声を高くした。「これだけ書いたら、あわせて二万字以上はあるだろうね。ふむ、半年以上書きつづけるとは、そんな精神力を並みの中学生は持ちあわせていないと思うよ」

相手も応じる。「そうでしょう、全校で一番ですから、自制心はきっとそこらの生徒よりずっと強いんだ」

「いいだろう、感謝するよ。目を通したが気になることはなかった」ノートをさっき入ってきた補助員に手渡す。

補助員はノートを受けとったかと思うと、軽くひらつかせて突然声を上げた。「あれっ、このノート、なんで破れてるんです？」

二ページ目を開くと、その角がそれなりの大きさに破れて欠けていた。

厳良（イエンリアン）が言う。「もとから破れていたものだと思ったがね」

たちまち葉軍（イエジュン）が補助員に命令した。「どこのくずが破ったのか探し出してこい！　これだって物証なんだ、そんな雑な保管で、もしこのさき凶器や指紋のデータをなくしたらとんでもない騒ぎになるぞ！」

補助員はびくびくしながら出ていき、厳良（イエンリアン）はすこしばかり彼に申しわけない気分になった。

そしてまた口を開く。「最後に一つ、頼みを言ってもいいかな。朱朝陽（ジューチャオヤン）と直接会って話してみたいんだ」

うたぐるような目が向けられる。「なにを話すつもりなんです？」

「安心してくれ、もう問いつめるような真似はしないよ。きみが横にいてくれていい、ただ彼と単純にすこし話をして、向こうの心理を理解したいんだよ」

85

派出所に現れた朱朝陽（ジューチャオヤン）には、周春紅（ジョウチュンホン）も付きそっていた。しかしこれは取り調べではなく、またべつの話を聞きたいだけで保護者が付きそう必要はないからと伝え、母親はそばの別の部屋に案内し待ってもらうことになった。

朱朝陽（ジューチャオヤン）は葉軍（イエジュン）の執務室に入ってその姿を見るとすぐ、礼儀正しく声をかけた。「葉（イエ）おじさん」

葉軍（イエジュン）はそれに微笑みかけ、水を注いでやる。この子供を気にいっている様子だった。

それから朱朝陽（ジューチャオヤン）は、横に座っていたもう一人の顔に視線を向け、すこし逡巡したあと言った。「あなたは……あの人の先生でしたね、やっぱり数学の」

厳良はうなずいて笑いかける。「わたしたちは一度会っているね、やあ、朱朝陽くん」

二人に面識があるというのに葉軍が興味を示したので、張東昇の家である日一度顔を合わせたが、そのあとでこれだけのことが起こるとは考えもしなかったと説明した。

朱朝陽が口を開く。「すごい数学者なんですね、一目見て問題が間違ってるのに気づいたんだから」

それに答える。「きみだってなかなかのものだよ。わたしは教師で、毎日数学と関わっているから問題の間違いに気づいてもおかしくないが、中学生のきみが、高校の問題の間違いを見つけだすとはね、しかもあのときは張東昇の生徒を演じて、緊張したそぶりも見せなかった、それだけの能力が——」

話には続きがあったが、葉軍が勢いよく咳ばらいをした。そんな直接的なことを言うなという忠告で、笑って口を閉じるしかなかった。

言いかけた言葉を耳にした朱朝陽はかすかに顔色を変え、すぐに慌てて話をそらす。

「大学の数学の先生なんですか？」

「そうだよ」

「どこの大学ですか？」

「浙江大学だ」厳良は答える。

「浙大！」聞いた瞬間、目を大きく見開く。「いちばん行きたいのが浙大なんです、浙大の数学科にいちばん通いたいんですよ！」

うやむやにしながら静かに答えた。「これからの入試しだいだね」一度言葉を切り、また口を開く。「そうだ、わたしからずっと訊きたいことがあったんだ、自分でいくら考えても納得がいかなくてね。夏月普はどうやって張東昇を説得して、殺人を手伝わせたんだ？」

また葉軍の咳ばらいが聞こえるが、今度はそれにかまわず、朱朝陽の目を真っ向から見すえていた。

目を伏せて、低くため息をつく。「ぼく……警察の人に話しました、ぼくも知らないんです」

「夏月普から聞いてないのか？」

「月普は……あとから言ってきただけです、父さんに……父さんにあんなことをしたときは、月普と耗子が脅して、あの人を説得して引っぱりこんだから、どうやって説得したか、ぼくにはわかりません」

「張東昇はもう殺人を続けたくはなかったはずだよ、二人が脅したとしても、どうにか苦労して口実を探して、断ろうとしたと思う。最善の方法は、夏月普(シャーユエプー)と丁浩(ディンハオ)の計画をきみに話して、二人を止めさせることだ。きみに会いには来なかったのかな」

「ぼくの家を知らなかったので」

厳良(イエンリアン)は笑った。「いい答えだ」

咳のしすぎで葉軍(イエジュン)の喉がつぶれそうになっている。

それでも質問は続けた。「二人はどうやって、きみのお父さんと王瑶(ワンヤオ)に毒を盛ったんだ?」

「警察で話をしました、ぼくは知らないんです、月普(ユエプー)は詳しいことを話したがらなかったから」

こらえきれなくなって葉軍(イエジュン)が話をさえぎった。「厳(イエン)先生、もう調べはついてるんです、そんなことを訊かなくていいでしょう?」

朱朝陽(ジューチャオヤン)は葉軍(イエジュン)のほうを向き、沈んだ声で言う。「葉(イエ)おじさん、ぼくも話したくないです。ぼくはふつうの人になりたいんだ」

催促が続く。「厳(イエン)先生、そろそろいいでしょう?」

それにかまわず口を開いた。「もう一つ訊きたいことが――」

なにも言わないうちに朱朝陽(ジューチャオヤン)はそれをさえぎり、懇願するように葉軍(イエジュン)を見て、低く沈んだ涙声で言った。「葉(イエ)おじさん、明日……明日から始業なんです、ぼくは学校に行けますよね？」

「安心しなさい、ふつうに授業に出られるよ、もう決まったんだ」

うつむいて、口ごもりながら言う。「それじゃ……一つ、お願いしてもいいですか？」

「言ってみなさい」

「ぼくのこと……このこと、葉馳敏(イエチーミン)には言わないでもらえますか、とにかくぜったいに、言わないように」おびえた表情が浮かぶ。「もし知られたら……知られたら、ぼくは完璧におしまいです」

「ううん……」いぶかしく思わずにはいられなかった。「どうしてだ？」

すぐさま朱朝陽(ジューチャオヤン)は、まえの学期の期末試験の前日、葉馳敏(イエチーミン)がカメラのレンズを壊した濡れ衣を着せてきて、さらに自分で水をかぶっておきながら教師に言いつけ、あとになってそれが朱朝陽(ジューチャオヤン)の心理状態を乱してテストの成績を下げるためだったと知った、とひととおり話してきかせた。そのうえで、もし葉馳敏(イエチーミン)に知られたらきっと自分は耐えがたい目に遭い、学校にはいられなくなる、と語った。

　日記をすみずみまで読みとおした厳良(イエンリアン)は、日記にそのことが書いてあったのを知っていたが、日記に登場した葉馳敏(イエチーミン)が葉軍(イエジュン)の娘だったとは、つゆほども考えていなかった。

顔を上げ、驚愕の表情で朱朝陽（ジューチャオヤン）を見る。

葉軍（イエジュン）は日記のはじめのほう、学校のこまごましたできごとを詳しくは読んでいなかったようで、このことを知らなかった。

朱朝陽（ジューチャオヤン）の語る話を聞きながら歯ぎしりを始めていたが、話が終わったかと思うと、怒りに目をみはり、机に手を叩きつけて立ちあがったのでほかの二人は飛びあがった。

重々しい表情で朱朝陽（ジューチャオヤン）を見つめ、迷いのない口ぶりで言った。「おじさんが代わりに謝る。安心してくれ、この件はおれが代わりに収めてやるからな。もう馳敏（チーミン）がきみにいやな思いをさせることはない、約束する！　きみのことは学校のだれにも伝わらないし、先生だって知らない、安心して学校に行くといい。未成年者を守るのは我々警察の義務なんだ、いつか無責任な噂なんか流れてきたら、気にせずおじさんに言ってくれ。かならず風評の出元を探り出してやるからな」

そう言いおえると、頭に血を上らせて部屋を出ていこうとする。

それを厳良（イエンリアン）は呼びとめた。「なにをしにいくんだ？」

「煙草ですよ、帰ったらあのばか娘をこらしめてやる！」大股に部屋を飛び出していく。

制帽をかぶっていないからよかったが、さもなければ怒髪が冠を衝いていたことだろう。

厳良（イエンリアン）は朱朝陽（ジューチャオヤン）のほうを振り向いた。複雑な目つきで、ため息をつくと苦笑を漏らした。「きみのすごさは、お母さんは知ってるのか？」

相手はぽかんとした顔をしている。「なんですか？」

ひと息つき、立ちあがって言った。「わたしももう行くよ、朱朝陽くん。しっかり勉強して、日々力を伸ばすんだよ」

86

九月一日、中学三年の始業の日だ。

今日は手続きだけで、まだ正式な授業は始まらない。

朱朝陽は朝早くから学校に来ていた。夏休みが終わり、生徒たちのあいだでは久しぶりに再会できた喜びではしゃぐ声と、新学期が来てしまったことへの嘆きがそこかしこで飛びかっていた。みな夏休みのできごとを話の種にして、だれも自分に注意を向けていない。となりの席の方麗娜だけが調子はどうか訊いてきたが、それも知っているのは朱朝陽の父親が死んだことだけで、そのあとのことはよくわかっていない様子だった。

葉馳敏は今日かなり遅く来ていた。教室に入ってくると朱朝陽をにらみつけ、でもなにも言わずに一人自分の席に向かい、教科書をながめはじめる。

方麗娜（ファンリーナー）がこっそり話しかけてくる。「なんであの子、にらんできたの？」

ぽかんとした顔で答える。「知らないよ」

「学校が始まってすぐから恨まれるなんて、これから気をつけないと」

うなずいて答えた。「ぼくは勝手に勉強するだけだよ、あんなの放っておく」

方麗娜（ファンリーナー）は笑った。「それがいいね」

あっという間に始業式の時間がやってきて、担任の陸（ルー）は生徒たちを運動場に行かせた。

一人で教室を出ていく朱朝陽（ジューチャオヤン）の背後から、こそこそした声が聞こえてきた。「やってくれたね」

振り向くと、九月だというのに寒々とした風情の顔の葉馳敏（イエチーミン）が目に入った。両目が腫れて、泣いたあとらしかった。白い目を向ける。「なんだよ？」

「ふん、認めないならいいけど」そっぽを向く。「これからは手出ししないから。井戸の水は川の水を邪魔しないってやつ」

「それを言うなら、ぼくはいままでそっちの邪魔したことなんかないけど」

「ふん」

足を速めて、こちらの横をすり抜けて遠ざかっていく。

運動場に出てくれば、周りではほかの生徒たちの話し声が聞こえるなか、自分は相変わらず独りぼっちだった。月普のことを思い出し、耗子のことを思い出し、一ヵ月ほど毎日、午後に月普と並んで本を読んでいたころの温かい気持ちを思い出して、思わずため息をついた。

あの二人の友達はもういない。

これからもあんな友達はできない。

来年は、月普のお父さんに写真は届かない……

喉の奥がつんとする。顔を上げれば晴々しい太陽が見えてすこし気分が良くなった。

新しい学年、新しい一日、新しい太陽、新しい自分。

中学校の鉄柵の囲いの外には、眼鏡をかけた中年の男が一人、立っていた。両の眉を八の字にしかめ、複雑な目つきで運動場の子供たちを眺めて、集団から一人外れてぽつんとたたずんでいる人影――朱朝陽を見つめていた。

孤独な子供だった。これまでもそうだったように。

厳良は携帯を取り出し、目を落とす。メッセージが届いていた。〝厳先生、お預かりした紙片は文字を鑑定した結果、一ヵ月以内に書かれたものと確認されました。具体的な日付については技術の限界で、結論を出すことはできません〟

「その結果で充分だ」静かに一人つぶやく。

破りとってきたのは二日目の日記、つまり去年の十二月の箇所だったが、その日記は一カ月以内、つまり過ぎたばかりの先月に書かれたという結果が出た。

これで、あの下劣な推測は事実に変わった。朱朝陽（ジューチャオヤン）は短期間で半年以上にわたる日記を書きあげた。その日記は自分で読むためではなく、警察に見せるためだったと思われる。

日記が書かれていたノートは古いものに見えたが、おそらく数年前のノートを出してきて書いたのだろう。あれだけ成績優秀なら、毎年ごほうびのノートを受けとっているはずだ。古いノートに日記を書けば、より書かれてから時間が経っているように見せられる。

しかしあの子供は、文字を鑑定すれば書かれたおおまかな時期を明らかにできるとは知らなかった。正確な特定は無理だが、それでも充分だ。

では、日記の内容は嘘だったのか？

それも違う。

警察は日記の内容について相当数の調査で裏を取ったが、調査結果と突きあわせた結果どの日の記述とも食いちがいはなかった。

夏月普（シャーユエプー）や丁浩（ディンハオ）について、かつて住んでいた土地の派出所と孤児院、どちらから返ってきた情報も日記に記されていたことと完全に一致していた。続発した事件についても、確実な物証が朱朝陽の関与のないことを裏づけている。

朱晶晶の事件では、夏月普と丁浩の指紋が残っていて、ＤＮＡも丁浩のものと一致したが、朱朝陽につながる情報はいっさいない。朱永平の夫婦の殺害事件では、朱朝陽は学校にいてこれも関与していない。徐静の一家で起きた二件の殺人は、張東昇の仕業だと明らかで、子供たちとはつながらない。最後に張東昇たち三人が死んだ件も、指紋、凶器、毒薬といったさまざまな物証が見つかっていて、朱朝陽の証言ともいっさい食いちがっていない。

ではどうして偽の日記を書いたのか。いったい日記になにを隠したのか。

厳良にはわからなかった。

なによりも驚愕したのは、日記がまがいものだとすると、朱朝陽があらかじめ最終的な結末を予測していたと論証されることだった。しかしどうやって張東昇が自分たち三人に毒を盛ると、毒がコーラに入っていると、夏月普と丁浩が毒に倒れると、張東昇も丁浩に刺し殺されると予想できたのか。

説明はなにひとつ頭に浮かんでこなかった。

その答えは、おそらく朱朝陽自身にしか説明できないだろう。

分かっているのは、いま目の前にある文字の鑑定の結果で、つまりは朱朝陽（ジューチャオヤン）は嘘をついていて、日記はまがいものだ。

おそろしく重要な秘密を隠しているというのは疑いようがない。もしかすると、永遠に他人と分かちあえない秘密というのも存在するのかもしれない。

日記がここ一カ月で書かれたという一点だけで、朱朝陽（ジューチャオヤン）の罪を確かなものにできるだろうか。

事件に直接関わっていたと証明する証拠は何一つないし、それどころか直接殺人に関わっていたとしても、十四歳未満であればどうすることもできないのだ。

とはいえ、あの子供のもっとも光の差さないところにある嘘を見ぬいたことは、偽装のための防衛線をすべて破ったことも意味している。

周りのだれもが警戒と恐怖の視線で眺めてくるとき、あの子供の心はどんな傷を負うだろうか。これからはこの世界をどう見るようになるだろうか。

そのとき、国歌が鳴りひびいた。運動場の子供たちは集まって列に並び、みなはつらつとしている。

陽の光は晴々しく、朱朝陽（ジューチャオヤン）は太陽に向かって立ち、子供たちはすくすくと育っている。

厳良（イエンリアン）の指が、携帯の上に動く。画面には葉軍（イエジュン）の名前が表示されている。左は通話ボタン。右は取消だ。

太陽のもとの子供たちを眺めながら、ふと朱朝陽（ジューチャオヤン）の日記の最後に書かれた言葉を思い出した。〝ぼくは、なにもかも新たに生まれかわりたい〟

その言葉はたぶんほんとうなのだろう……

激しく葛藤していた。あの子供が新たに生まれかわったのなら、自分の行動は一人の人生を破壊することにならないだろうか。

指は、一センチしか離れていない〝通話〟と〝取消〟の上で止まっている。

その一センチを右に行けば、一人の子供はこれからなにもかも新たな暮らしを始め、しっかり勉強し、日々力を伸ばしていくのかもしれない。左に行けば、すべての嘘が明るみに出て、周囲の人々のまえにおおっぴらに差し出され、心には深い傷が刻まれ、これからの人生全体を変えることになるかもしれない。

その一センチの差が、なにもかも違う二つの未来に通じている。

その距離は、この世でいちばん遠い一センチだった。

訳者あとがき

本書は中国の作家、紫金陳（しきんちん、ズージンチェン）が二〇一四年に発表した長篇、『壊小孩』（坏小孩）の翻訳です。

二〇一三年、中学二年生の朱朝陽（ジューチャオヤン）は夏休みを迎えます。彼はいつも学年一位の成績の優等生ですが、嫉妬した同級生から嫌がらせを受けていること、なかなか背が伸びないこと、そして両親が離婚していて、別の家庭を築いた父親がほとんど気にかけてくれないことが悩みでした。

母親は働きに出ており、家に一人で過ごしていた朱朝陽（ジューチャオヤン）のもとに、小学校時代の親友、丁浩（ディンハオ）と、その〝妹分〟で二歳下の普普（プープー）が突然訪ねてきます。二人はどちらも親が殺人犯として処刑された孤児で、孤児院での虐待に耐えかねて逃げ出してきたのでした。

その素性に恐れを感じながらも、朱朝陽（ジューチャオヤン）はしだいに二人とうちとけていきます。三人で山登りに行ったあとで、携えていったカメラを見返していると、偶然撮影していたビデオの背景に、人が崖から突き落とされる場面が映りこんでいることに気づきます。教師の男が財産目当てに義父母を殺したこの一件は事故として処理されており、朱朝陽（ジューチャオヤン）たちが持っているビデオがこの世に存在する唯一の殺人の証拠でした。

逃亡のための生活費を欲している普普（プープー）がそこで、このカメラを殺人犯に売れば金をせしめられるのではないかと思いつきを口にします。朱朝陽（ジューチャオヤン）はもちろん賛成しませんが、さらなる突発事態が起き、三人の子供たちは犯罪の泥沼に足を踏みいれていきます。

紫金陳は一九八六年、浙江省寧波（ニンボー）市で生まれました。小学生のときに両親が離婚して母親のもとで育ち、水産加工工場を経営していた父親には後妻の意向でなかなか会えなかったこと、経済的に苦労したこと、数学好きの優等生で内気だったことなど、少年時代の経験は本作における朱朝陽（ジューチャオヤン）の造形にかなり反映されていると語っています。

杭州（ハンジョウ）市の浙江（ジョージアン）大学治水工学科に進んだ紫金陳は、大学在学中から恋愛小説や、株取引を題材にしたエンターテインメント小説をネット上に発表し、書籍化も経験しています。

この際に〝紫金港（浙江大学のメインキャンパスの所在地）の陳(ちん)〟を意味する筆名を名乗り、その後も同じ名義を使いつづけることになります。

大学卒業後は会社勤めを経てふたたび小説の執筆を志しますが、ジャンル選びに迷っていたとき、二〇〇八年に大陸で刊行されベストセラーになっていた東野圭吾『容疑者Xの献身』に出会います。生まれて初めて読みとおしたミステリだったというこの作品に触発され、彼はいわゆる〝社会派〟ミステリの執筆を決意したと語っています。汚職役人への復讐を誓う殺人犯たちと警察との対決を描く〈官僚謀殺〉シリーズ全四作は二〇一二年からネット上に発表されて評判を呼び、翌年からは書籍化が始まります（書籍化時にシリーズ名は〈高智商犯罪〉に変更）。二〇〇〇年代半ば以降の中国では、蔡駿(さいしゅん)、雷米(らいべい)、秦明(しんめい)、蜘蛛(くも)、〈死亡通知書〉シリーズの周浩暉(しゅうこうき)などネット上で広く人気を得るミステリ作家がつぎつぎと登場していますが、紫金陳もその一人に位置づけられるでしょう。

続けて彼は、元捜査官の大学教授厳良(イエンリアン)を探偵役にした〈推理之王〉シリーズ全三作——『無証之罪』（二〇一三）、本作『悪童たち』（二〇一四）、『長夜難明』（二〇一七）を書籍書き下ろしで発表、その後も『追踪師：隠身術』（二〇一八）『低智商犯罪』（二〇二〇）と順調なペースで長篇を発表しています。二〇一六年には『無証之罪』の英語訳、二〇一九年には〈官僚謀殺〉シリーズ第一作の日本語訳『知能犯之罠』（行舟文化）も刊行されています。

また現在の紫金陳の人気について語るときには、映像化の成功を忘れるわけにいきません。中国では二〇一〇年代初めから〝IP（知的財産）ブーム〟と称される、映像化権を含めた版権市場の活発化が起きており、紫金陳の作品のいくつかも発表と前後して映像化権が取得されていました。満を持しての初映像化となったのは、二〇一七年に動画配信サービス大手の〈愛奇芸（アイチーイー）〉が放映した、『無証之罪』を原作にしたドラマ『Burning Ice〈バーニング・アイス〉―無証之罪―』で、この年を代表するドラマの一つとして高い評価を受けました。

さらに本作『悪童たち』を原作として二〇二〇年に放映された『バッド・キッズ 隠秘之罪』は、わずか二カ月足らずで総再生数が十億回を突破、レビューサイト〈豆瓣（ドウバン）〉での九十万人以上による平均評価は十点満点中の八・九点（二〇二一年六月時点）、張東昇（ジャンドンション）の犯行に引っかけた〝山登りに行きませんか〟や劇中の台詞〝まだチャンスはありますか〟といったフレーズが流行語化するなど社会現象級のヒットを記録します。同じく二〇二〇年に放映された、『長夜難明』が原作の『ロング・ナイト 沈黙的真相』も同様のヒットとなり、〈豆瓣〉などでは『バッド・キッズ』を上回る評価を得ています。

紫金陳のミステリに共通する持ち味――科学捜査や監視カメラの存在を前提とした地に

足のついた犯行の手口であったり、家庭間の格差や激化する教育熱のような社会のひずみであったりを盛りこんだ作風は、本作『悪童たち』にも共通しています。前作の完成後、妻が妊娠したのがきっかけとなって子供を中心とする作品の構想が生まれたと紫金陳は語っており、子供たちと大人、とくに朱朝陽（ジューチャオヤン）とその父親の関係は作品の大きなテーマとして扱われます。

本作は〈推理之王〉シリーズの第二作にあたりますが、シリーズ探偵役のはずの厳良（イエンリアン）の出番はかなり制限され、殺人犯の張東昇（ジャンドンシヨン）と子供たちとの駆け引きが物語を牽引します。事件を仕掛ける側を見えない敵として書くのでなく、捜査側と同等かそれ以上の筆を割くのは紫金陳が得意とする手法で、殺人犯対警察の比較的シンプルな構図を軸とする〈官僚謀殺〉シリーズでさえも例外ではありません。しかし本作や次作『長夜難明』ではそれがさらに進展し、シリーズキャラクターがむしろ脇役に回っているのが特徴の一つといえるでしょう。

ドラマ『バッド・キッズ』では、たとえば探偵役の厳良（イエンリアン）が登場せず、代わりに原作の丁浩（ディンハオ）にあたる人物に〝厳良（イエンリアン）〟の名前が与えられているのをはじめとして、人物の配置や物語の進行に随所で手が入れられており、小説の陰惨さがいくらか和らげられた形で話が進んでいくとともに、展開にも大きくひねりが加えられています。ドラマについては紫金陳自身も〝とても高水準な映像化〟〝全体的に満足がいっている〟と表明しており、小説とドラマ、どちらかにすでに触れていても、もう一方を新鮮に楽しむことができるでしょう。

なお付記しておくと、作中でも言及されている刑事責任年齢の基準については近年、議論が起きていました。二〇二〇年十二月、謀殺やとくに凶悪な傷害事件については、最高人民検察院の承認を経て満十二歳以上十四歳未満にも刑事責任を問えるとする刑法改正案が全国人民代表大会常務委員会を通過し、二〇二一年三月一日から施行されています。

最後に、校正にたずさわった方々と、編集を担当された早川書房の根本佳祐氏に感謝を申しあげます。

二〇二一年六月